Gaea

Gaea

BUT！

「參見，九把刀」BLOG 3

亂寫文學

人生最厲害就是這個BUT！

九把刀

BY GIDDENS

給17歲自己的一封信——
多虧無聊的大人，我們才能變成有趣的小孩

17歲的你，正在做很多徒勞無功的事吧。

那時女孩跟你說，人生本來就有很多徒勞無功的事，的確如此。

爲了教她數學，17歲的你可強了，每次月考前參考書上每一題數學都反覆算十一次，算到看一眼就知道該怎麼解，你偷偷覺得自己很神，更佩服自己怎麼可以將努力用功讀書這麼無聊的事搞得那麼熱血。

唉，笨蛋。

十五年後，你會忘了怎麼算log，一樣活得很好。三角函數差不多也忘光了，我也沒有不對勁，每天一樣起床先尿尿再刷牙。雖然你還算記得排列組合的邏輯，但你已忘了怎麼列分母分子。因式分解這種國中程度的東西，你只會提出單純的數字。好吧，值得安慰的是，你好像還記得怎麼開根號，但我用的是最智障的十分逼近法！

那些大人都沒有跟你說，其實大部分的人一輩子只靠「加減乘除」就能活得安安穩穩不

會有任何問題。有時如果你不計較店員找錯錢給你的話，減法爛一點也沒關係。

我想你也知道，大人總是爲了你好，刻意忽略很多他們早已領略的現實。也或許他們很期待你可以成爲多年後數學還很強的那人群中的千分之一，成爲了不起的科學家與工程師，只是你資質不夠。怪你自己。

不過，我是要告訴你，用不到的東西是不是就不用學嗎？

不，以後用不到的東西，你還會被迫學很多，逃也逃不了。別逃吧，接受吧。

認眞想一想，人生這麼長，如果我們只學用得到的東西，就像只和以後步入禮堂的老婆談戀愛一樣無聊。呵呵，其實你早就懂了，好多有趣的事都沒什麼用。

比如看漫畫，其實也沒什麼用，17歲的你再怎麼愛看《灌籃高手》，籃球一樣打得很爛。《七龍珠》你終於蒐集了一套，連基本的龜派氣功都轟不出來。現在三十二歲的我很迷《海賊王》，但也什麼用，我們出海光暈船就吐翻天了！（你知道你以後會長得像黃猿嗎？記住永遠不要承認！）

人生本來就充滿了亂七八糟的雜質，有的雜質跟大便一樣，有的雜質閃閃發光，你如果只要閃閃發光的部分，就永遠不會了解吃到大便的滋味有多麼度爛。

徒勞無功的事很多，但比起無法完成的夢想，徒勞無功只算是人生的小感冒。

你會有一個夢想。一些夢想。

來談談你從國小三年級開始就想成爲漫畫家這個大夢想吧。

雖然17歲的你已經覺悟到自己的確沒有當漫畫家的才能（千眞萬確！），但你放棄這個夢想的時候很痛苦，可偶爾在上課時的抽屜裡偷看《少年快報》，你還是會忍不住想……有沒有一點點的可能，有沒有一點點點點的可能，如果考上大學之後花更多的時間……

答案是沒可能（斬釘截鐵）。

除了漫畫家，人生中無法實現的夢想很多很多，你得學會放棄。

我知道你現在很喪氣，但多年以後你會慢慢感到驕傲，在你放棄往職業漫畫家的路上邁進之前，你確實做了好多年的努力，你會曉得你不欠十歲的自己什麼。

有時候放棄夢想也是一種勇敢，如此我們才能保有力氣奪取下一個夢想。

我們一直沒有改變過的夢想，是愛情。

17歲的你覺得人生一片美好，因爲你遇見了很愛努力用功讀書的她。你會堅定地覺得你正在喜歡的她在多年後一定會是你的老婆。你知我知，獨眼龍也知。

我不會告訴你答案。

並非因爲我們都很喜歡猜謎，而是，幹我告訴你也沒用不是嗎？

你就是不信邪啊，你就是臉皮厚啊，你就是一廂情願地認爲只要努力就可以戰勝命運啊不是嗎？你就是認爲一次追不到、兩次追不到、十次總可以追到吧！

笨蛋。

你就是這種大笨蛋才會一直吃大便。

哈哈。

對了，你永遠也不會喜歡「我從中學到了什麼樣的課題」這樣的勵志句型，你永遠都覺得小故事大道理的模式很噁心。

這樣很好啊！我們直接享受它，不見得一定要學到什麼。因爲我們很幼稚。

YES，這些日子以來，你會深深體悟到人生中對你而言最重要的一件事，就是所謂的幼稚。

恭喜你，你會一直幼稚下去。

愛看漫畫，看愛電影，愛抱狗上床睡覺，愛亂講話，愛作弄朋友，這些東西十五年後你還是一直繼續下去，希望你不要覺得我不長進。不過我比你有錢很多哈哈，你租漫畫，我用買的。你看二輪電影，我都直接衝首輪，家裡還有一大櫃子的ＤＶＤ。你愛的狗死了，我幫你葬了，我們都很想他。對了，後來我養了一隻拉不拉多，是女生，肚子肥肥的，很會掉毛，所以我每三天要拖一次地，她很撒嬌，一樣沒有你不行。

很多女孩不喜歡你的不成熟，她們覺得你該慢慢長大。

原則上你也同意長大，但你心中的長大，可不是要變成那些所謂的大人。別管那些大人怎麼向你諄諄教誨，給你告誡，幫你上課……瞧瞧他們，他們就是無聊世界的最佳典範，即便你要長大也不要被制約進那種格格不入的異次元世界。

雖然你不喜歡那些大人的世界，卻也不必與之為敵，先別說有掌握權力的大人總有辦法給你苦頭吃的那部分，其實，多虧那些無聊的大人，你才可以變成有趣的小孩，永遠別忘了這點嘻嘻。

放心，你會遇到一個很喜歡你幼稚的女孩。

不過光靠耐心等待是沒用的，什麼緣分什麼命運都是虛無縹緲的屁。還是一樣，你得靠自己無時無刻睜大眼睛才能把她找出來。值得的。

跟所有人一樣，17歲的你很想成功。

但其實你不大知道成功以後要做什麼，甚至不大明白成功是什麼意思，有很長一陣子你錯以為考上好大學就是成功的開始……唉，人生豈有這麼快就決勝負的道理？

你這麼蠢，當然會失敗。

事實上你會遭遇很多很多失敗，你會挨拳頭，有時你會被揍得睜不開眼。

然而失敗是可愛的，成功則惹人嫉妒。

所以別太介意自己失敗的狼狽模樣，大家都會因爲你很努力而安慰你、包容你、希望你下一次成功。大家都很眞心，因爲你實在是敗得很慘很好笑。

至於所謂的成功反而不如失敗時的你所想像，伴隨著成功而來的東西叫諷刺，叫挖苦，他們會認爲你既然成功了，所以必定喪失理想。喔喔，你問我怎麼辦？幹啊我不知道！多年之後你仍舊沒學會怎麼面對別人的冷嘲熱諷，也許我們都需要另一個「更遙遠的我自己」用時光機寫信教教我們。

噢不！算了吧！

其實我們都很討厭被說教，該怎麼學會就怎麼學會，學不會就學不會吧！

最後，你一定很想問我，現在的我在做什麼？

是不是實現了夢想，還是還在作夢？

很會說故事的你，當然知道時光因果的蝴蝶效應，所以我只能偷偷提醒你，32歲的夏天是我們人生中最大的一場戰鬥開始，在無限的炙熱之前，我所擁有的一切力量竟是源自17歲的你。

我得向你說一聲謝謝，你得回我一個抱。

……拐了一大彎，我們都回到了故事開始的地方。

ACTION！

目錄

六福村遊記

2006.06.27

好久都沒有去遊樂園玩耍了，又不小心交到好小好幼稚的小郭襄，所以暑假開始的第一天就啓程前往六福村！

我們晚上出發，到了新竹跟阿和和老曹會合，然後找了間汽車旅館打麻將。是的，我們眞的很喜歡打麻將，小郭襄也是高手，一邊看世足賽巴西對日本的重播，我一邊硬聽哩咕哩咕，自己跟自己玩得很辛苦。

牌玩完時，老曹跟阿和離去，揭開了恐怖夜晚的序幕。

很詭異，大約是三點，他們一走，我們買完宵夜後回房（位在邊間），房間裡的所有電燈就開始突然熄滅。起先我不在意，想說應該是鑰匙插在電力孔上接觸不良吧？（電力孔老舊了，用膠帶黏著）

我弄了一下，燈又亮了，於是我們又開開心心去吃宵夜。但還沒開始吃，燈又熄滅了，房間只剩電視機奇妙地沒有黑掉。

我於是碎碎唸了「對不起，借宿一宿，請多多包涵」之類的話，再去把鑰匙插好，好是又好了，但十幾秒後又黑了。

如此反覆五、六次，我怒了，打電話給樓下櫃台，話筒裡卻一點聲音也沒幹。

氣氛超詭異，然後燈又黑了。

原本遇到這種情況，擁有害怕之王頭銜的我可是會相當害怕，但因爲還有個正在害怕的小郭襄，我就很自然鎮定下來，斷然決定搬房間。

於是我親自站在電力孔那邊，用手穩住鑰匙，由小郭襄快速收拾行李，哭八詭異的是，房間在這中間還是不斷地黑、黑、黑！

我的手可是一直壓著鑰匙啊！還雙手，壓得很用力！

而且，爲什麼現在有事？

但我們四個人一起打麻將的三個多小時卻一點異狀也沒？

我開始拒絕跟房間道歉跟說任何話，免得自己越說越怕，只是嘻皮笑臉跟小郭襄說話。

小郭襄以我難以想像的速度收拾好行李後，我們搭著怪異的電梯往下，到了櫃台，我大受驚嚇，因爲剛剛換班的櫃台小姐很沒禮貌又像鬼，不肯因爲房間很爛打任何換房的折扣，又想給我們貴不少的三人房房間（明明有便宜的兩人房），小郭襄怒了，差點就要貓她一拳。

後來換了更貴的房間後，這件恐怖絕倫的事才告一段落。

啊？我在寫什麼遊記啊？

先打住。

其實重點應該在六福村吧！

不過，那些遊樂設施也沒什麼好提的，大家都玩過，讓人感到刺激的都是跟「高度」有關的東西，例如緩緩升起又垂直墜落的大怒神，超恐怖的近垂直海盜船（新的那台），過山車（沒有扣環眞的很讓人擔心），八爪魚（不是八爪椅謝謝！），我極度恐懼高，小郭襄也是個膽小鬼，不過既然來了，不玩這些高度器材很浪費，我們還是硬著頭皮一個一個破解，小郭襄從頭到尾都給我閉眼睛就是了，想要跟她討論視覺經驗都馬沒有辦法，不過我玩軌道車也是瞇眼睛，眞的非常懷疑我幹嘛要花錢把自己逼成神經病？

也不是沒收穫，至少我又確認了一次，我在極度恐懼或緊張時，都會情不自禁哈哈大笑，異常暢快地亂吼，大叫我愛妳或是哈哈哈，眞是棒啊！

要不然我會被體內的緊張電流衝爆，臉色慘白，有個亂七八糟的插曲，我覺得才是眞正的重點所在。

以前我跟小郭襄唬爛，說我跟一群朋友曾經遇到大怒神升到頂端時機器故障，大夥一共十六個人（一面四人，共十六人）全都困在高空中，被迫看著很機八的風景，歷時兩個多小時才得到解救。

小郭襄不信，覺得我只是耍嘴皮子。

但這次出發我在車上又重新提起「往事」，繪聲繪影，阿和也隨口幫我附和了幾句，老曹識相地點了幾個頭，小郭襄就吃驚地信了。

「可是怎麼可能被困兩個小時這麼久！」小郭襄呆住。

「本來還要更久的，因爲機器是進口的，只有日本技師才會修，但日本技師臨時搭飛機過來，少說也得一天半，後來園區只好出動消防車，一個一個把我們救下去。」我說。

掰謊話的奧義，我已經在《在甘比亞釣水鬼的男人》裡詳細說過，不贅述。

「蛤！這麼恐怖！」

「當然很恐怖，而且很熱，在上面都快被太陽晒死了。」

「好可怕喔！」小郭襄的表情很驚懼：「兩個小時眞的很久耶！」

「不只這樣，因爲控制護把的按鈕一按下去，十六個人的護把全部都會鬆開，但是雲梯車一次又只能救一個人，所以每次護把鬆開，其他人都會嚇得半死，想辦法保持平衡不摔下去。」我製造恐怖的回憶：「還好最後大家都沒事。」

「那他們都不用賠嗎！」小郭襄開始生氣。

「當然要啊，後來他們每個人給八千塊慰問金，事情就打住了。」我裝窮，哈哈笑：「那個時候我覺得超棒的啦！輕輕鬆鬆被嚇個兩小時就有八千塊可以拿，眞的很爽耶！」

阿和回過頭，補充道：「我覺得八千塊拿少了，應該跟他們拿多一點。」

是喔！好同學！

「眞的好可怕喔！」小郭襄陷入莫名的焦慮。

後來，我們坐大怒神的時候，小郭襄非常害怕，還沒升上去就緊閉眼睛。

我於心不忍，趕緊告訴她：「那個我們被困在上面，是假的啦！」

「眞的嗎？」

「眞的是假的啦！」

說著說著，我們就升了上去。

眞的是，我的笨蛋寶貝。

2008.12.11

四個很雞巴的情侶對話

正在寫《殺手五》，逐漸進入閉關姿態，沒時間寫blog，所以乾脆來作一點不像心理測驗的情境分析。

……大家覺得以下哪一場對話最賤、最煞風景??

要排名喔！

A.

女甜蜜，依偎：「這個抱抱的姿勢，感覺好幸福喔。」

男笑笑，抱得更緊：「別的女生也這麼說。」

B.

女甜滋滋：「你這次出遠門，會很想我嗎？」

男熱吻：「當然囉，寶貝。當我在幹別的女人的時候，也會大聲喊妳的名字！」

C.

女咬咬：「親愛的，當初在pub認識的那一晚，你怎麼會想追我啊？」

男冷淡：「幹我喝醉了。」

D.

女哭哭：「說愛我！」

男冷冷：「幹你娘。」

女哭哭：「說你愛我！」

男冷冷：「我幹你娘。」

女崩潰：「求求你說，你愛我！你愛我！」

男冷冷：「我幹你娘，幹你娘，幹你娘！」

我媽媽的真面目其實是小說對白之神

有看《這些年，二哥哥很想你》的人應該知道，我媽媽的眞面目其實是小說對白之神。

由於我家門口櫃台上擺了一排我寫的書，常常有客人會覺得奇怪，問藥局怎麼會擺書，是要怎麼賣。

剛剛我媽媽跟我說，雖然是過年，今天我們家藥局還是有短暫開店做生意，有一對情侶來我們家買東西（買什麼忘了，應該不是色色的東西），女生看到藥局竟然有我的書，很興奮，一直說：「天啊，我好喜歡九把刀喔！眞的好喜歡喔！」

然後還一直拉著旁邊的男友說：「不信妳問他，是不是！我是不是很喜歡他！」

我媽就笑著說：「我也很喜歡九把刀啊，這個世界上我最喜歡他了。」

那女生一時弄不明白，狐疑地問：「妳怎麼會是最喜歡他的人啊？」

我媽就笑笑說：「因爲我太喜歡他了，只好把他生下來啊。」

天啊！

2009.01.27

是不是很厲害的小說對白啊！

我哥的大兒子umi，大家的寶貝。

2009.01.28

關於用自己的照片當作封面

我是一個非常了解自己的人，原因在於我窮極無聊地研究我自己。

爲什麼喜歡研究自己？

到了我這個人生階段，這個職業，諸如因式分解、指數對數、三角函數跟矩陣那種什麼鬼的東西，都已經趨近零價值（少騙人了，眞的沒什麼價值！），但那些超不能保值的東西在當年爲了應付考試都不得不研究了，「自己」如此保值的東西——當然值得一再研究。

劉德華在電影大隻佬中說：「萬般帶不走，唯有業隨身。」

這一句話我不僅會背，靠還常常應驗它！

那麼，現在我就要開始一段我在公開演講裡偶爾會提到的「業障」。

話說在很久以前，我的小說實體書只有鬼要買的時候，有一次我在ＢＢＳ網路上發牢騷說，我眞不理解爲什麼某些男作家又沒有很帥，怎麼敢把自己印在書的封面上？某些女作家遠遠沒有女明星那麼正，哪來的膽子把自己的照片當作書的封面？甚至還會印明信片、印海報送讀者之類的。

記得當時很多鄉民都跟著附和……因爲鄉民最喜歡附和這種落井下石了。

總之，要我用自己的照片下去做封面，簡直就是——地球爆炸也不可能發生！

多年過去。

就在前年二〇〇七年的時候，約十月份，出版社正在籌備將我的碩士論文出版成書，我忙著將論文改寫得更容易讀些，而出版社忙著製作封面與確認特殊排版（論文眞難處理），也就是《依然九把刀》。

那個時候我還在二水鄉公所當我的替代役，上班不敢寫小說，不過寫寫網誌收收私信還可以。某天我打開信箱，赫然發現出版社寄了兩張《依然九把刀》的新書封面給我選。

說到實體書的封面製作，還眞是現實世界的縮影。

這個有階段性的喔，我的經驗不妨參考參考。

以前我書賣很爛，有的出版社會直接寄他們已經製作好的封面給我，告訴我封面就長這個樣子，我要改，那可是沒得改，只能算是禮貌地告知我一聲。

也有那種我一直寄信去問我的新書封面到底長什麼樣子，問了好久對方才勉強寄給我看，但那個時候也來不及修改了。就算來得及，對方花了錢做好了封面，也不會因爲我不爽就換。

非常重要的封面文案、封底文案也是。出版社根本也不會問我想放什麼文字上去，想摘錄哪一段內文，自己寫就寫了，我也沒意識到那些東西其實我可以自己來——拜託！我比任何人都了解我自己的故事在講什麼啊！而且再怎麼說，我認眞寫起文案，可是連自己都會害怕啊！

後來我書的市場逐漸起色（謝謝你們啦，這就是義氣啊！），我終於有膽子關心我的書該長什麼樣子的好，開始跟出版社說我絕對不想要什麼樣子的設計、想要什麼樣的感覺。

我一直都是很有想法的人，什麼樣子的封面會讓一本書暢銷，幹我怎麼知道，不過好歹我知道自己喜歡的書到底長什麼樣子吧！

在這個階段，我會自己觀察中意的插畫家，推薦給出版社。

例如畫第一版本《獵命師傳奇》的翁子揚（請參考FH13的序），例如畫《少林寺第八銅人》跟新版《打噴嚏》的Blaze（記得我是看到奇幻基地辦的奇幻插畫獎得獎作品，Blaze不是首獎，是佳作，可是我卻被致命地吸引住，立刻寫信給兩間出版社請他們去洽談，呵呵呵，相中Blaze是我的超級大收穫）。

有的插畫家是奇妙的偶遇，例如當我的《那些年，我們一起追的女孩》在*HERE*雜誌定期連載時，雜誌請恩佐幫忙畫插畫，我一看，眞是太有感覺，於是在實體書製作時，便拜託出版社無論如何請恩佐出馬。

我也會將我心目中的封面樣式跟風格告訴出版社，請他們想辦法完成。

這個「我大量介入」的階段，許多老讀者應該都知道、也都經歷過——我大刀闊斧地改版了許多舊書的封面。在當時，有些讀者會覺得改版是在騙錢用的，但我一意孤行，即使一時被幹譙，我也要我所有的書都看起來風格很整齊，不管是書的統一高度、封面底色、內文排版……

事後證明我是對的。幹是不是收集得很漂亮！

目前只剩下兩本書應該改版卻還沒改版，慢慢再說，不急。

到了後來，出版社與我之間的合作上了軌道，彼此都熟悉了對方的想法，不，其實也不是熟悉，是信任。

逐漸形成了我每次都會超級期待的「封面製作王道」。

這個王道以後再跟大家分享，不會私藏，因爲他們都是很厲害的設計猛人！

由於已經是王道流程了，雖然很期待，可缺點就是非常安心，眞的，我完全就不擔心，爲此我專心寫我的故事、寫我的封面文案、摘錄我的封底文案就對了，不必再花腦袋在思考封面設計上。

事情就這麼發生了。

那天下午在鄉公所我收到的、從蓋亞出版社寄給我的兩張《依然九把刀》的封面……

《依然九把刀》的封面，第一張，長得像這樣……

第二張，長得像這樣。

我大吃一驚，因爲第一張的我看起來超白痴的！

那是我在受替代役專訓的時候，同梯許大砲隨手幫我拍的，那時候我沒留鬍子，英氣銳減，又剛剛從人間煉獄成功嶺出獄，整個人已經明顯笨掉了，笑起來乍看很陽光燦爛，其實跟白爛只有一線之隔。

比較起來第二張就正常多了！

那是在服役前拍的，有小鬍子，整個人充滿了自信，相信人生就是不停的戰鬥，相信對付鼠輩最好的招式就是給他一記迎頭痛擊。馬的，總之完全就是我自己啦！

來信中，出版社請我決定要用哪一款封面，要快點，因爲出版日期已經定了，座談會日期也定了，不能再拖。我超怕出版社會給我用到第一張封面，於是我火速打電話告訴編輯育如，請她務必選第二張封面！拜託拜託！

幾天後，書進印刷廠了。

有天我跟女孩約會，突然想起這件事。

我笑問：「我新書封面出來了，妳要不要先看？」

女孩很興奮：「要看要看！」

於是我打開電腦，打開圖檔，神祕兮兮地問：「編輯讓我從這兩張選一張，妳猜猜看我選的是哪一張？」

女孩愣了一下，呆呆地看著我。

「猜啊！」

「把逼……你終於做出把自己當成封面這種事喔。」

那一瞬間，我好像尿尿在漏電的電線杆上，直接從輸尿管那裡逆向麻了起來。

我發誓！

如果出版社在當時給我的兩張封面，其中一張不是我的大頭照，幹我一定是選那一張的啦！毫無遲疑！

比起早期的直接寄成書給我看，現在出版社非常尊重我、給我二選一，可兩張封面草圖都是我自己的頭，我眞的沒有意識到即將發生什麼事，只是非常惶恐不想被用到很白痴的那一張。

於是我就乾淨俐落地掉進了自己的業障。

人眞的啊，嘴巴不要太賤啊！

好了，從今以後我就知道了一件事，就是因果報應的輪迴系統來得很快，我雞巴了別人，很快我自己就會不小心雞巴到我自己。如果不是不小心，也許我還是會用別種相似的東西雞巴到我自己，誰知道呢？

如果事情只停留在超高速的輪迴系統，所以我自我告誡：「凡事不要說得太死，免得自己踩自己的腳。」那，這篇網誌就沒什麼好寫的。

我回想當年書賣得很爛的我，在說那些不帥又不漂亮的知名作家將自己放在書封面上是一件噁爛的事，其實，我的心態是有點酸葡萄的。只能說，這種酸葡萄的心態在我身上非常罕見，通常只要我有意識到我是這種心態時，我就會瞬間煞車，並鄙視自己幹嘛這樣啊。其實有很多不是作家、甚至一點也不知名的人，幹他就是愛把自己做成書皮，我可沒想過要酸他們。

說到底，還是有股不是滋味。

這股不是滋味的滋味，我寫過一篇自己挺喜歡的文章〈不是滋味的滋味〉*。

這股氣味，最近兩年我在身邊嗅到很多。

隨便舉例一個，就拍廣告這件事好了。

實際上我只拍了兩個廣告（各自只花了區區兩天），推掉的產品代言跟撰寫網誌商業推薦文——不計其數，也從沒上過「任何」一個綜藝節目去搞笑、去玩遊戲、去集體爆料。

---

*收錄在《慢慢來比較快》一書中，亦可參見http://www.wretch.cc/blog/Giddens/5641546

But！

人生最度爛的就這個But！

But就是有其他作家會拐彎抹角雞巴我「太過商業化」跟「整天拍廣告」，或更歪一點的說他不拍廣告是因爲拍廣告會失去自我，或這不是一個純創作者所爲。

靠腰啦，最好事情有那麼險惡啦！

我自己不在網誌上寫跟廠商收錢的商品推薦文，幹我雞巴過別的這麼做的網路作家沒有？

沒啊，我寫了一篇文〈雖然覺得有些事不必解釋，但不寫出來也眞講不明白〉*，我眞是囉唆啊，還自己引用自己。

每個人的生存之道不一樣。

有時候你不是不想這麼做某些事，只是欠缺了機會。

還記得有個讀者在我的網誌上留言批評我，批評我怎麼會去拍廣告，已經不是他心目中的作家。我可不是得道的仙人，直接回他：「那王建民呢？你會因爲他拍了一大堆廣告，就覺得他不是一個好運動員了嗎？」記得那位網友再次留言回我時，承認他被我說服了。

其實我沒有要說服誰，只是我習慣性地不想被誤解。

很多事情只是一個人看不順眼另一個人。

我導演電影，一定也會有作家覺得我撈過界，殊不知電影是我從小到大的夢。

拉！

拉回正題！

我最近出版了三本新書，三本新書都挑在差不多的時間出版，亂七八糟統統打在一起，變成三個九把刀在互相毆打。

出版社大概會緊張吧，不過老實說我覺得只要書的內容好，就不用看短期成績，絕對都是非常長銷的書種。吧?!

《這些年，二哥哥很想你》是我寫了超過一年的作品，我用生命下去寫的，不好看我也沒辦法了，大概只能說這就是我過去生命的極限。

《人生就是不停的戰鬥》跟《不是盡力，是一定要做到》是我最熱血的兩句自勉，將這

＊收錄於《不是盡力，是一定要做到》，http://www.wretch.cc/blog/Giddens/7165257

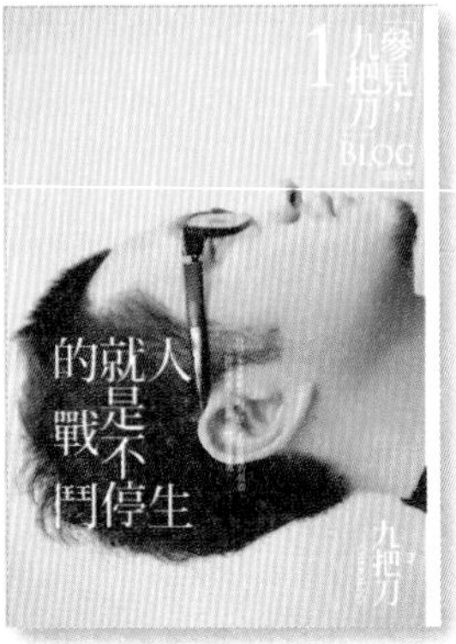

兩句話變成書名，直接就是最大的意義，代表我對這兩本書的重視程度。

這兩本書，都是這幾年我的網誌文集結的大軍。

我挑選有趣的、很瞎的、超戰鬥的、極度熱血、好甜蜜的文章，收錄了很多很多很多的照片，讓它們異常紮實地成書，由於字數爆多，只好一口氣出兩本。

在設計封面的時候，大幸運，設計大師聶永真願意出手接這個案子。

我又要離題了，這件事真的很扯（在演講中也偶爾會提到）。

有一陣子我出現「我好像很紅」的幻覺，時不時會不自覺發出科科科的笑聲，可是當我發現，即使強者如我，也無法插隊讓一向合作愉快的聶永真接案的時候，我才赫然發現，原來真正炙手可熱的不是我，幹是聶永真！

總之聶永真超可以信賴的，我對他一直有股奇妙的感覺，老是用沾沾自喜的口吻在描述他願意接我封面這類的事。

你若說我有品牌迷思，我會說是，畢竟一個專家很努力地創造出自己的品牌價值，相信他的品牌價值不就是再正常不過的事嗎？

聶永真要我的高畫素照片做封面，我二話不說，就再度讓報應上身。

這一次可是無怨無悔。

聶永眞要我側面跟正面各拍一張，不過我只是在跨年的家族旅行途中，在民宿找了個乾淨的牆壁（還是粉紅色的），請女孩拿單眼相機朝我照了幾張。

我看了看，覺得全部都拍得很爛，但時間有限，我還是先選了正面、側面各一張寄給出版社，請出版社轉交給聶永眞處理。

我心中打定主意，反正照片很爛，聶永眞那邊一定過不了關，屆時我就請出版社找個簡單的個人攝影工作室幫我拍一下算了，我還興致勃勃地去剪了頭髮。

不料，聶永眞回報，那兩張照片可以用沒問題！

我傻眼了，不過還是選擇相信聶永眞的威能。

最後，那兩張拍得很爛的照片，突變成你們看到的書封面。

啊啊啊啊啊啊啊啊我覺得還不錯耶！

雖然很害羞>///<

（>///<這種猥褻的害羞表情符號，我這種硬漢一年只能用九次！）

《這些年，二哥哥很想你》前幾天不斷提了又提，現在就不多講了。

——把焦點集中在這兩本超戰鬥的網誌書。

從小我就對書架上的勵志書很反感，我覺得不切實際的空話很多。也許那些空話聽起來都很有道理，做起來效果也不錯，但就連寫勵志書的作家都經常性地沒辦法貫徹他們說過的話，讓我覺得勵志書真的是超畸型的產物，動不動就講心靈成長、講態度、講方法的文章都很假。

動輒用「我有個朋友」開頭的說教文他馬的都是假貨。太多作家都很喜歡說：「我有個朋友……」，要不就是他自己就是他朋友，要不就是他根本沒有那個朋友。

如果作家說：「我有個朋友，昨天晚上割包皮不小心太用力，就整條剪斷了。」他的意思其實是，他根本沒有這麼一個倒楣的朋友，或者就是他自己在昨天晚上失去了一條雞雞。

於是這兩本網誌書，對我有兩個意義。

意義之一，這些都是我重要的人生紀錄，其中也有很多大家的參與。書中有很多跟讀者的合照，有的是在演講過後的合照，有的是簽書會上的合照，希望你們在很驚嚇地發現自己變成書頁的一部分時，可以興奮地大叫幾聲。

內文除了一大堆極限的熱血戰鬥文外，也收錄所有發表過的、未發表過的，關於女孩跟我之間相處的點點滴滴。

我知道很多讀者最期待收錄很甜蜜的這個部分。

可女孩更期待，我也很高興她的期待。

意義之二，挑戰那些勵志書。

我不想也沒資格教育任何人，我直接做。

這就是每一個人都可以做到的「我流」——人可以很不完美，可以犯錯，可以憤怒大吼大叫，可以流淚，可以被很不正經的事情給感動，可以每天……都過得很色。

只要善良，只要光明磊落，就有足夠的能量朝著對的方向走。

我是個絕對懷疑論者，也是個熱愛道聽塗說的鄉民。

可我篤信平凡無奇的兩句話，將這兩句話帶到所有人的心裡是我的戰鬥：

人是互相影響的。

人生中發生的每一件事，都有它的意義。

優良的刀書慣例，我為兩本新書各寫了超過五千字的屌序，延宕了《殺手》進度。

《人生就是不停的戰鬥》跟《不是盡力，是一定要做到》這兩本都是三八四頁，超過我過去每一本書的厚度，雖然還無法在危急時刻擋子彈，但兩本疊起來應該就眞的可以當防彈衣了。

希望成爲很熱血的班書。

一種在各位抽屜底下不斷冒險，也堅持要傳來傳去的那種班書啊！

很囉唆的ＰＳ：

話說回來，我還是覺得我經紀公司幫我拍的一系列宣傳照實在有噁心，只有一張超有氣勢的照片讓我很滿意啊，其餘都是娘砲。

曉茹姊妳有看到這篇網誌的話，也不用幫我安排新的拍照了，幹因爲我變胖了，過年我又狂吃、亂打麻將兼完全沒運動。我繼續當娘砲好了。

最後認眞說，每次只要讀者拿《依然九把刀》給我簽名，我大概就知道，這個讀者擁有我所有的書（以現在的話來說，就是五十本統統收藏）吧！畢竟《依然九把刀》雖然篤定是史上最好看的論文，卻是我所有書裡最硬派的啦！

這是我今天在日本做的，唯一一件事！

2009.02.09

毫無疑問！

秋葉原果然是阿宅的天堂啊!!!

我不打算在未來任何時間轉賣任何公仔，所以我已經拆扁八成的公仔盒子，好挪出行李箱空間啊……

我才到日本第二天，接下來要克制一點了!!

以上的公仔，都沒有什麼稀奇的珍品啦，都是我很喜歡就買下來的，說到要收藏珍品，我其實家裡沒空間，買回去就是生灰塵很可惜，以後吧！以後我要一網打盡凱茲那一套！

《七龍珠＋海賊王》的稀奇古怪ＢＬ版本的公仔，我超愛的，不過我還沒拆，完整包裝好像反而滿好放的，一週後帶回台灣拆給你們看吧，不曉得台灣

現在這些公仔，通通都是我書櫃上的收藏啦

能夠到動漫帝國日本去玩，實在是太好了，住在譽真大神家實在很棒啊

有了嗎……（日本出了兩系列，不過我只買了比較喜歡的「上」，「下」沒買）

大家猜一猜哪一個公仔算是「我覺得」最讓我驚喜的呢？？

今天在淺草寺抽到了……最強的「九十九」大吉籤啊！

繼「隨地亂躺」跟「整頭浸水」之後，我又研發出最強的旅行招式啦！

那就是——無所不在的「朋友」啊！

我好愛20世紀少年喔～～～讓我們一起奪回這個標誌！

電車上的阿公阿嬤都很震驚地拍照……在電車上這麼幹，需要不小的勇氣啊

要徹底忽略路人的鄙視，基本需要二十年嚴格的恥力訓練，不過最猛的還是——組合型招式！

也就是隨地亂躺加朋友樂園啊!!

2009.02.11

今天很有意義的是，去了台場水之城。

水之城是哪裡？

是小說《異夢》最熱血的場景。

是赤川與金田一對決的經典畫面。

這裡就是當年赤川殞命的所在地……來自小說官方最高權力的確認。

這樣算是丟台灣人的臉，還是幫台灣爭光，
我已經搞不清楚了哈哈

台場水之城，是《異夢》最熱血的場景。

4F，電梯的門打開。
獅子與兔子，熱淚與子彈——

再見了英雄。

不過今天最高興的還是，在淺草寺抽到了象徵我最佳數字的九十九籤，眞的是太爽啦！
這籤眞的是太強太猛了，怎麼解怎麼厲害啊！
一定是來自台灣的大家非常支持我的美少女高校短裙大企劃，所發出的強氣啊！

在淺草寺抽到了象徵我最佳數字的九十九籤，真的是太爽啦！

下次去秋葉原，我要買鐵金剛跟木蘭號！（暫時還沒研究清楚型號。總之以我小時候的記憶為先啦！）

今天去原宿取材

今天去原宿取材（我真的是越來越迷惘啦），不小心取材到了一件外套跟兩頂帽子，裙子超短的正妹很多，多到讓我很想回台灣推廣短裙子對人類社會發展的好處⋯⋯

我認為最難入手的公仔——就是稻中桌球社的這一組啊！
超炫的喔，回台灣後我把前野的公仔變形仔細拍清楚啊!!!

2009.02.10

2009.02.14

今年情人節的主題是——「朋友」加「魯夫」大合體啊!!

情人節就是要3P啊！

於是來個「朋友」的臉＋「魯夫」的身體＋「我九把刀」的招式，爲各位打開今天的新局啊！

眞棒吧！

不夠不夠！

「朋友」的臉＋「魯夫」的身體＋「我九把刀」的招式。

再來個朋友版本的——二檔!!!

說到國際手槍節，我宅心仁厚地為各位阿宅們，準備了特大號的砲啦!!!

今天祝有愛人也有人愛的大家禽獸節快樂啊！

也祝沒愛人也沒人愛的阿宅們……手槍節時時刻刻都充滿人體煙火啊！

〔阿宅（震驚）：咦？我天天都是手槍節啊!!

阿刀：可今天是國際手槍節啊！〕

我要出門尋找戀愛的氣味啦!!!

女孩其實暗暗覺得我很丟臉，不過還是很配合我

愛到底，今天起全台上映

2009.03.06

三月三日在大直美麗華的「愛到底」媒體首映，落幕了，一切卻才正要開始。

「愛到底」我自己已經看了三場，包括在香港的媒體首映、台灣的工作人員內部特映、大直美麗華的煙火首映。後天，還有一場柴姊包廳在京華城、放給自家人高興的自爽映（所以三十位臨演大軍們，我們三月七日見啦！不過我那天可能沒時間簽書，建議隨身帶一本碰碰看）。

三場看下來，感受著大家的即場反應，聽了很多討論，網路上也有一些評論出來，眼見明天就要全台灣公開上映了，心中有點熱熱的，很踏實，也很高興。

與其說是對自己有自信，其實，我是對大家一起努力出來的成果相當有自信。

真的，「三聲有幸」受了很多很多的幫助，承受了

一定會再拍下去。

宣傳也是很重要的環節。

很多的力量，所以眞的希望可以有很多觀眾進到電影院，看看我的，我們的作品。

也因爲這分自信與感動，還有很多的謝謝想跟很多人說，於是我仗著我不斷回憶而茁壯的記憶力，寫了一本書《三聲有幸，電影創作書》，記錄自己第一次拍電影的所有過程。

這一部「愛到底」，網路上有很多討論，很多人期待，也有很多人不看好。期待的原因就不用多說了，謝謝你們。

不看好，冷嘲熱諷的也很多，最大的理由莫過於：

——你又不是導演，怎麼會當導演？

細一點來罵，就是說，你又不是慢慢從拍戲現場的一個小場務，慢慢升到副導演，慢慢升到編劇，按部就班先執導低成本的學生作品，爲什麼可以莫名其妙地從一個大外行，變成一個商業電影的導演？憑什麼？

（ＰＳ：其實我也寫過編劇，問題是我不會整天掛在嘴巴跟你說啊。）

是啊，憑什麼？

別人不討論，但我……

憑著我有兩個好朋友。

我們跟國際大導演王家衛合照喔！哈哈哈哈哈哈！還聊了三個半小時耶，很酷！

所謂的跨界創作，永遠都存在著兩個問題。

第一個問題很簡單，就是，如果你拍得很爛，大家就會鼓掌說果然如此，表情還會十分欣慰。

第二個問題反而很弔詭……萬一你拍出來的片子很好看，別人會以一副「其實這件事你有所不知」的語氣，說其實某某某只是掛名，片子實際上是別人導的。

比如周杰倫導演的「不能說的祕密」，眞好看，於是許多鄉民都振振有詞周杰倫只是個掛名，他在現場只負責把桂綸美。但你隨便去問一個眞正有在電影界做事的朋友，就會知道眞相：

哈哈好爽，希望Jay有一天能導演我的小說！

Jay的導演功力，備受標準嚴苛的業內肯定。

前幾天我逮到機會跟Jay聊天，也聊到了這個問題。我說，這一次拍電影，我不想找很厲害、但不會鳥我的執行導演，所以我找的是很熟的朋友廖明毅跟雷孟，因爲他們很尊重我心中的電影模樣。

周杰倫笑笑說，對啊，他也是，不過他乾脆不找執行導演，免得到時候有一個人在外面到處說「不能說的祕密」其實是他拍的。此外，Jay說，反正有拍幕後花絮的話，觀眾就知道大概的狀況。

我也是。

我同樣自己花錢找人側拍這一次拍片的四天過程，原來大家想的都差不多。

「愛到底」，大家幾乎都還沒看，我先不仔細評論。先說一點無關好壞的別的，我也只替自己背書，不當別人的保證人。其實這一次，每一個參與的導演都展現了「個人特質」。我熱血，所以我拍的其實也偏熱血。

某種程度我算是在拍《打噴嚏》。看過的就會知道。擅長文字只是一種附加，畢竟任何導演只要找一個擅長文字的作家當編劇，立刻就可以讓劇本具備「擅長文字」的構造，不需要自己會寫劇本。

方文山可以找別人寫劇本，合理。

陳奕先可以請別人寫劇本，合理。

（我非常喜歡陳奕先的劇本裡的，阮經天的內心話，寫得眞好！）

黃子佼可以請別人寫劇本，合理。

（好像是找蔡燦得當編劇，我喜歡蔡燦得耶！）

但，我……

我不可能讓別人去寫我要導演的電影的劇本，我丟不起這個臉啊!!

其餘關於我的電影就不自評了，留給大家。

方文山的電影「華山，24」，那個24的意思是片長二十四分鐘，我看很多人都不知道乾脆我幫忙講出來。

很久了，方文山是我的偶像，大家應該都相當清楚才是。

在我寫小說的第二年，我一邊拖地一邊聽〈雙截棍〉時，就很震驚地被周杰倫與方文山嚇到，覺得這兩個人簡直就太可怕。厲害得太可怕。

我的十大人生夢想的清單中，有一條是希望能幫周杰倫的一首歌填詞。話是如此說，夢是如此作，不過有方文山在，我看不出來周杰倫幹嘛要分一首找我寫。

這個電影短片計畫從二〇〇七年就開始找我當導演，我一直是聽到方文山始終都有在名單之中，我才亦步亦趨地跟著這計畫、認同這個計畫。心中暗暗覺得，萬一這計畫唬爛我，至少也一起唬爛到我的偶像方文山，哈哈。

攝影師強哥說，方文山是藝術家，大家看了就知道原因。

很歡樂的經驗

這一次拍完電影，參加了幾個宣傳跟座談會，私下方文山鼓勵了我很多，幹真的是很那個，吼！

不過我認真覺得，方文山並沒有在這一次的電影裡展現他百分之百的能力，「華山，24」的節奏太緩慢了，劇情也很平板，不適合我這種熱血咖。

雖然失去記憶的梗很常見，不過最後的結局我挺喜歡。

陳奕先，是這一次四個導演中，唯一一個本來就在當導演的人。之前網路上有很多鄉民在幹：「爲什麼陳奕可以當導演？」馬的啦，「陳奕先」不是「陳奕」好嗎？前者是MV導演，後者是演員！——有沒有馬桶不重要，先扔屎再說，是很多鄉民的生活習慣。

除了我自己拍的這一段「三聲有幸」，我最喜歡的是陳奕先拍的這一段「幸運」。廖明毅跟雷孟也很喜歡這一段，他們覺得陳奕先的鏡頭手法很不簡單。阮經天和曾愷玹的演出都很棒，期待在電影裡看到一般偶像劇的演出、預計好落井下石的人肯定會很失望，因爲這兩位「偶像」的演技，眞的非常有質感。

「幸運」的故事構造很簡單，我十分鐘就可以寫出來了。所以，陳奕先導演展現的正好是「說故事的手法」，不是單純的炫耀鏡頭技巧。陳奕先將一個非常簡單的情侶爭吵拍得很有感覺，完全是導演的厲害。

我對陳奕先導演說，我的「三聲有幸」，運鏡都很簡單平凡，因爲我玩不起我還不懂的東西，所以就是「認眞地用鏡頭把故事好好說一遍」就對了。

而陳奕先處理鏡頭的手法，我一輩子可能也學不會。簡單說就是我不會自己剪接，只能看別人剪接再提出意見，但陳奕先可以自己直接動手，可以玩的東西、可以變厲害的部分一定勝過我。

廖明毅說得好，陳奕先拍的比較像是一種「情緒」，我很認同。

如果正在看文的你會去看這一部電影，建議，不要用「劇情」的角度去看「幸運」或評斷它。眼睛開一點，心就開很多。

最後一段是黃子佼導演。

不說假話，其實我一開始是相當不看好黃子佼導演的那一段，因爲明星演員未免也太多了吧，片長最多也只有短短二十五分鐘，連我這麼會寫小說的咖，都自認無法處理這麼浩浩蕩蕩的演員爆炸狀態。

可是我看完了，覺得滿驚訝，「第六號瀏海」拍得比我想像的好太多太多了。

黃子佼是標準的綜藝人，他用了他的強項「綜藝」去處理他的段落，用許多連環泡似的短劇去構成他的電影，很聰明，同樣不玩他不擅長的東西。

簡單說就是善用綜藝的梗。

有些梗，香港的觀眾可能無法笑出來或覺得莫名其妙，但台灣的觀眾要笑，應該沒問題。目前我看的電影場次都有極爲大量的「業界內人士」，大家的笑聲都很捧場，這些笑聲如果也能滲透到充滿一般觀眾的場次，就是黃子佼的大勝利。

我的笑點是屬於周星馳、屬於《稻中桌球社》、屬於《哈棒傳奇》的那種低級爛鳥梗，一般的綜藝梗其實很不容易讓我笑（這是我自己的問題ㄎㄎㄎ），所以我其實也沒怎麼笑，不過我自己很喜歡命理老師黃友輔出現的那一段，怎麼看怎麼好笑！

見仁見智的部分則是，棒棒堂，有很多狂熱的粉絲，不過也被很多鄉民長期度爛，覺得只要在演員名單中看到棒棒堂，就一定是爛片，而且是絕對徹底的大爛片。

以下在宣傳期這麼說，可能很白目：

……不過我覺得棒棒堂的演出的確沒有那麼「出色」，距離演技還有一個足球場的距離，不過因爲整個短片的類型不屬於一般理解的「電影」，而是非常「綜藝tone」，所以棒棒堂的演出效果還眞沒有鄉民想像中那麼糟糕。

我很幼稚，不過再怎麼幼稚，我都已經

豪華煙火的宣傳

過了「隨便討厭名人」的心智年紀，就容我不加入鄉民的「暗陰陽咧，就是討厭棒棒堂」的陣容了。

不妨給個鼓勵。

畢竟在片頭一開始出現的、友情客串的大明星蘇有朋，不就是從偶像團體「小虎隊」慢慢磨練出來的嗎？當年我們六年級生很迷的小虎隊，也是當年很多大學生鄉民眼中的大便啊。

香港電影公司對行銷的思維，眞的很猛，這一次的電影宣傳，本眞的下得很厚，三月三日媒體首映當天還在大直美麗華放了超過三分鐘的豪華煙火，造勢眞的有強到，這種認眞注重宣傳的思維，讓我頗受驚嚇。

同樣是兩面刃。

宣傳小，別人就比較不會開幹。反正電影上沒多久就要下片了，懶得理你。

宣傳大，很多人不由自主就會覺得「太超過了」，其中必定有詐，於是度爛。

但要我選，當然選宣傳大的方式，原因無他——三聲有幸，很好看，請進。

若能有好宣傳，許多國內導演也一定不會讓自己的電影默默上片、悄悄下片。

眞的是很感激的心情。我會竭盡所能配合宣傳，不管大家手中的票是買的還是被送的，讓更多人看到吸收了很多人的努力拍攝出來的「三聲有幸」，就對了。

希望是個好的開始。

嗯

2009.03.19

從一台吸塵器看態度

先說了，我不想教任何人什麼東西，因爲我覺得自己很普通。

不過前天我去買一台吸塵器所發生的事，讓我覺得可以說點什麼。

是這樣的，說來很汗顏，忘了我以前是在Discovery還是哪個新聞頻道，看到一台很屌的吸塵器誕生的過程（不想解釋，自己google吧！我又不是收錢寫廣告），牌子叫Dyson，馬達旋轉的速度號稱法拉利跑車引擎的五倍（幹嘛要跟跑車比？不知道！不過聽起來很炫！），吸力之強僅次於柳龍光的眞空毒掌，我就有點讚歎。

然後呢，我從去年八月份看見*Stuff*雜誌又在介紹這一台超屌的吸塵器，上面的介紹辭依稀是說，很多男人很討厭做家事，不過——如果吸塵器長得很像外太空的科幻武器，那就另當別論了。

對對對，男人就是這麼白痴，我整個就被電到啊。

這一台「高科技裝置」看起來可以發射雷射光，又好像可以變成核子能動力裝甲，朋友來家裡作客一定會問：「咦？你家有養變形金剛喔？」如此的話題機械，就算毫無功能地供在神桌上也超爽，竟然還真的可以拿去吸灰塵！這不是太超值了嗎？！（謎之音：咦？啊不就是要吸灰塵嗎？）

從此以後時不時就會開始思索，我是不是需要一台吸力超強的吸塵器呢？需要吧？大家都需要吸塵器啊，這是常識。

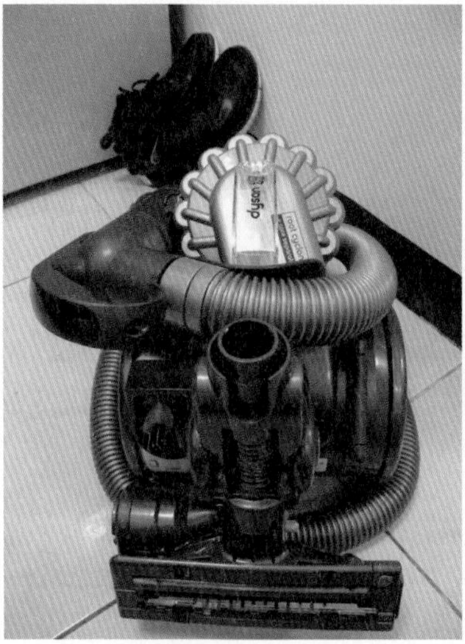

是不是！是不是很酷！

不需要吧？認真掃地加跪在地上用抹布拖地，才是乾淨的王道，不是嗎？

想要吧？想要吧？想要吧？想要吧？想要吧？想要吧？

想要吧？想要吧？想要吧？想要吧？想要吧？想要吧？

想要吧？想要吧？想要吧？想要吧？想要吧？想要吧？想要吧？

「是非常想要，而不是非常需要吧！」我抱著頭，痛苦地知道自己的弱點。

問題卡在，就算我硬是催眠自己……對！我家的地板就是髒到需要用超屌牌吸塵器去吸吸吸才有辦法徹底乾淨，但，這台吸塵器未免也太貴了。

多貴？

兩萬多起跳，到三萬塊錢不等啊！

所以我偶爾會忘記「我有多麼需要這一台吸塵器」。

直到前天，我非常突然地又燃燒起我「想要」這一台吸塵器的慾望。

於是我直接殺到我盯了很久的某賣場的Dyson吸塵器區（不要問我是哪個賣場，或問我在台北哪個區域，我絕對不會說的）。一到那裡，就看見三、四台不同款式的吸塵器擺出來展示，粗分爲兩款，一台比較便宜的DC12我想買，一台比較貴的DC22我也希望「被說服買」。

我靠近觀看了一陣，沒有人鳥我。

其實也不是沒有人，賣吸塵器的銷售員躺在一旁看電影，他感覺到我駐足沒有離開，這才抬頭看了我一眼。

以下，除了數字可能有記錯，其餘我發誓都是眞的。

「不好意思，可以幫我介紹一下這幾台吸塵器的差別嗎？」我很有禮貌。

銷售員笑笑從椅子上站起，他的笑給了我好印象。

「DC12的話，這一台兩萬一千九，這一台的話兩萬七千九，DC22的話一台也是兩萬七千九，這一台三萬一千九。」銷售員還是笑笑的，用非常快的速度唸完這四個價錢，然後就不再做任何介紹，只是盯著我看。

我很快就察覺到他的笑，在品質上有非常讓人度爛的特徵。

不過我眞的很想買，所以還是繼續保持禮貌地問下去。

「嗯嗯，那它們有什麼差別啊？」

「沒什麼差別，價錢不一樣，吸頭不一樣。」他雙手交叉放在肚子上，簡單說明完畢。

「啊？沒有差別？」我皺眉。

我這一問，好像令他很不爽，他立刻用超高速這幾個名詞排列組合了一次：「氣動刷頭」、「電動刷頭」、「抗過敏」、「ＰＣ材質」、「濾網」、「馬達吸力」、「軟管」、

「渦輪」、「兩段式」等等。眞的，他講得超級快的，要不是我從半年前就陸陸續續做了一些要買昂貴東西的功課，幹我一定百分之百聽不懂。

重點是，說明的過程中他保持淡淡的微笑，但他的語氣非常不耐煩。

「那，這幾個顏色都可以選嗎？」我問。

有紫色，金色，紅色的款式。我喜歡紅色。

「每一個顏色都是不同款。」他一句話答完。

「就是說……」我還沒問完。

「都不一樣。」他超快回答。

我不禁反省，是不是我的打扮很大學生（黑色皮衣，藍色T-shirt，牛仔褲，黑色Nike），加上長得好傻好天眞，才會讓這個銷售員覺得我只是來亂的，才不想認眞講解。

反省是我的強項，我很快就做出調整。

既然我的外表看起來很破爛，那麼，我想展現出我其實是有研究才來的。

一個有事先研究商品的人，應該也研究過商品的價格，一個研究過價格還敢來問東問西的人，邏輯上應該是滿想要買的吧！

「等等等等，我有事先在網路上看過一些Dyson的介紹，知道它的吸力很強，可是剛剛你講得太快了，我其實連一半都沒有聽清楚。我這樣問好了……」我直接指著DC22，說：

「這一台三萬一千九的DC22跟這一台兩萬七千九的DC22的差別，除了顏色，到底差在哪裡啊？」

「就跟你說沒什麼差別。」

「……怎麼可能沒什麼差別？」

「馬達吸力都一樣，只差在這一台多了兩個吸頭，就這樣。」

「多兩個吸頭就要多四千塊？」我很訝異，四千塊都可以買一台吸塵器了。

「還有這一台的吸頭是電動吸頭，這一台是氣動吸頭。」他多了一句。

「比較貴的附電動吸頭，所以電動吸頭有比較厲害嗎？」我嘖嘖。

「我們是覺得沒差。」他非常非常不耐煩。

「是喔……」我盡量保持心情愉快，繼續問下去：「那這一台DC12比較便宜，是爲什麼啊？我覺得它看起來比較好看。」

「沒什麼差別。」

「啊？」我這次是眞的怔住了：「沒有差別？」

「馬達吸力都一樣。」

「……」我傻眼，這跟有奶便是娘有什麼分別？

「……」他保持沉默，臉也不笑了。

「它跟DC22，完全一樣？」

這時銷售員回敬我長達三十秒的快速解說，幹請恕我不想累贅描述，因爲我發現他故意用非常快的速度在講解非常正確的商品資訊，由於他講的內容應該都對、而且詳細，所以不能誣賴他唬爛，但他講得眞的很快很快，句子中間又統統給我省略逗號跟句號，搞得我其實都聽不仔細。

聽不仔細，也就無法從他的解說裡繼續提出問題。

不過，我的忍耐也動搖了。

「你講解得也許很詳細，不過你不覺得，你的講解方式會讓顧客不想買嗎？」

「爲什麼？」他愣住，下一瞬間整個臉色超難看。

「因爲你的態度讓人不舒服，會讓我覺得你其實不想回答我的問題。」

沒有認輸，他振振有詞：「不是我不回答你的問題，而是你不相信我。」

「我爲什麼要懷疑你？我是聽不懂。」

「怎麼可能聽不懂，剛剛就跟你說……」接下來，他又重複了一遍我剛剛聽不懂的專業術語大集結，速度有稍微放慢，但幹還是很快！

他的放慢只是想製造出他盡量在配合我的聽力的假象，可一點誠意都沒有。

從頭到尾，他沒有碰過那一台機器，也沒有讓我碰機器。

這時我是真的很生氣了。

不過我很生氣的時候，常常採取異常冷靜的態度說話。

我用睪丸發誓，我沒有提高音量，也沒有加重語氣，也沒有臉露不屑。

「我知道這一牌的吸塵器很貴，不過我有做功課才來買，而且你一開始就把價錢唸出來，我也沒有走開，而是繼續問更多問題。你不覺得，我是一個很有可能買下這一台吸塵器的客人嗎？」我平靜地看著他的眼睛。

「我相信你想買啊，可是我說了那多次，你還是不相信我。」

「問題不是你的講解內容，而是你的態度，讓我覺得……不可思議。」

「不可思議？」此時銷售員露出極度輕蔑的笑。

「這台吸塵器不管哪一台都很貴，我專程來買一個這麼貴的東西，問仔細一點是很平常的事吧。」我此時已經不想買了，但有些話我沒說完實在是不爽，繼續說：「就算你覺得通通都沒有差別，我要買這麼貴的東西，還是會想知道差幾千塊錢我會多買了什麼，錢是花在哪些細節。但你的態度……」

「態度？我的態度很好啊！」他輕蔑地冷笑。

說完，竟然轉身，走向剛剛他躺下的位子，不再鳥我。

「真的很不可思議。」我也挪動腳步，離開那一間爛店。

怒火中燒的我看著躺在椅子上看電影的他，說出：「你等著在網路上看這一篇吧！」先寫到這邊。

還沒離開那間賣場，我就打消了將這間黑店公布在網路上的衝動。

畢竟有件事真的很不公平。

尋常網友可以將你們遇到哪一間黑店的事件詳細描述在網路上，希望藉此讓欺負你們的黑店或爛店得到教訓，或減少被黑店欺侮的消費者人數。這種事大家都在做，以前我也偶爾會在ＢＢＳ上砲轟那些爛人爛店。

但，現在的我竟然失去那種非常基本的自由。

如果我寫了，大家看了，很多人於是知道那間爛店少去爲妙，但也會同時覺得我「濫用自己網誌上的高人氣，去毀滅看不順眼的人事物」。

是吧？

你敢說不會這麼評斷我嗎？

眞的很度爛耶，明明跟爛店對抗的手段大家都一模一樣，可人氣一天只有五百個人的網誌作者不但不會被公幹，反之還會被網友們稱讚踢爆爛店。

但是我，會因爲網誌一天有四萬人次在逛（百分之八十是正妹，謝謝！），變成只要我寫幹譙文砲打什麼，大家就一起義憤塡膺扔石頭過去，他媽的我就變成了糾眾鬧事的自大狂。幹。

我越想越雞巴，不過這一個情緒上的煞車，倒是讓我多想起一件事。

那就是，現在景氣眞的很不好，失業率超高，不管剛剛那個銷售員有多「不可思議」，如果因爲我一篇「詳細指明商店地點」的網誌文，導致他被老闆炒魷魚，或是被Dyson台灣代理商終止合約，老實說，我還眞擔待不起。

不是覺得抱歉。

而是擔待不起。

不公平就不公平了吧，不過我是眞的很想買那一台吸塵器，我才不甘心讓那股火熱被一個爛店員的爛態度給澆熄，於是我找了張椅子坐下來，打開電腦google一下哪裡還有Dyson的銷售點。

於是我來到了火車站前的新光三越，十樓，家電用品部。

在靠近電梯的地方，我發現了我要的Dyson吸塵器，超開心的。

不過，我也同時想起了剛剛不愉快的經驗。

剛剛在爛店與爛店員的短暫相處中，我有稍微暗示我有做一些商品功課，在表情上也頗認眞，總之就是一副想打包帶走的臉，但還是得不到尊重。

這一次，我想徹底反其道而行。

我走到那些超炫的吸塵器前，停下來，看一看。

然後用很阿宅的語氣讚歎：「哇，這台吸塵器看起來很厲害。」

有一個高高胖胖的店員立刻走出來，開始熱情地爲我講解。

爲什麼我要在這裡用「熱情」兩個字？

是不是我故意要在情緒修辭上動點手腳，讓你們覺得剛剛的爛店店員態度很差，而眼前這個高胖店員態度很好？

不，眞的是熱情。

高胖店員將其中兩台吸塵器按下開關，讓我自由使用。

我還是問哪裡不一樣，這次我得到的答案是……

「讓你用用看就知道了！」

高胖店員也不廢話，直接將不一樣的吸頭裝上去，讓我實際吸吸看。

我問，哪一種吸頭可以用來吸床。

「讓你用用看就知道了！」

高胖店員還是不廢話，直接換上可以吸床的吸頭，讓我吸吸看。

我問，重量上有差別嗎？

「你可以提提看！」

高胖店員的回答，於是我就眞的提提看。

我問，怎麼拆卸那些琳瑯滿目的吸頭。

「你看，就這樣，跟這樣，很簡單吧！」高胖店員雙手靈活地拆下又裝上。

「你拆得太快了，因爲你常常在示範啊，不準啦。」我故意這麼說。

於是就換成我親自操作看看，果然十分好拆卸組合。

接下來我吸了地板，吸了地毯，吸了我頭頂上天花板燈管。

實話實說，我自始至終都沒有明確表明我要買、或我可能會買的樣子，我只是單純地表現出我一貫的好奇心，那種好奇心就像是一個路過的阿宅都會表現出來的樣子。

就在店員示範的時候，有少數幾個路過的人會停下來看幾秒。

這些人，很可能就是一看見價錢、就完全不想開口問問題的非消費者。

也可能是只看到價錢就絲毫不感興趣、但看見吸塵器很屌的示範就會產生濃厚好奇心的潛在消費者。

誰知道呢？

我也不知道，我只是拿起信用卡，科科科刷了下去。

「熱情」是男人的光！

「謝謝謝謝！」高胖店員看起來很開心。

「我可以跟你合照嗎？」我拿起相機。

「啊？爲什麼？」高胖店員很詫異，不過還是把頭伸了過來。

「因爲我覺得你的服務態度很好啊，我想把你賣吸塵器的事寫在我的網誌上，看看會發生什麼事。」我按下相機快門，笑著說：「我的網誌，一天有四萬人在看啊。」

我走的時候，看見一個穿著紅色舊舊鋪棉大衣的婦人，在那間店前停下腳步。

像是受到了鼓勵，那個高胖店員又開始了他的熱情介紹。

我沒有要教任何人什麼。

也不來什麼小故事大道理。

我要說的，只要把前天晚上發生的兩段事實描述一遍，就說光光了。

關於《三聲有幸》這本電影創作書

2009.03.22

當全世界的燈火熄滅，
我會悄悄留下聲音，
點亮妳我的羈絆。

由於要寫這本書，造成很多人對我的「殺手，無與倫比的自由」暫停感到強恨。不過這本《三聲有幸》，非得寫不可，也非得在這個時候寫不可。

「愛到底」電影要上映了，也許將來會出版ＤＶＤ紀念，但我多麼希望自己第一部的電影，既然有機會走進真正的電影院，就希望大家能夠坐在舒服的位置上，仰起頭，盯視超寬的大螢幕二十四分鐘。

如果我這一本電影創作書可以多帶一千個讀者進電影院，它就有「即時存在」的價值。

如果《三聲有幸》電影創作書，竟能奇蹟地讓一萬名讀者好奇地想看看……到底九把刀的話是不是一場嘴砲，於是就進了電影院，那，我就太太太太高興了。

扣除勾引大家進電影院看看我的處女作的目的，更重要的是，我非常想要記錄下過去幾個月，我作過的一場美夢。

這本書，眞的，不是一本剪剪貼貼劇照就算數了的「電影書」。也不是一本，用最近距離閒扯大明星拍片八卦的「電影書」。貨眞價實的，它是一本以「創作精神」爲血肉的「電影創作書」。

這一場夢找上我，其實是在三年多前，我就有了當電影導演的第一次機會。我慢慢寫這些機會如何突兀地發生，如何悲傷地消失，如何又奇妙地再發生，這些承載著機會的不同故事又各自有什麼樣的「下場」。最後星皓電影公司找上了我，我又換過兩個故事，最後拍出來的是第三個故事——也就是《三聲有幸》。

爲什麼那兩個故事無法拍攝？站在創作者的角度，如何對抗與折衷？

對於同樣喜歡創作的同道中人來說，不管是想寫小說還是拍電影，這一本書同時也是一個將創作「除魅化」的一本書。創作者打開寫輪眼的話，就能窺看我腦袋裡的故事是怎麼漸漸運作成型的。

我將放在我電腦裡的《三聲有幸》原始靈感，不改錯字、不校正語順、不變動奇怪的結構，完整公開出來給大家看，對我自己來說也是紀念。

然後，我將這一段狂野的「靈感」，演進成擁有粗糙結構的「故事大綱」，乃至完整的「劇本」，再來變成「電影分鏡表」的詳細過程，統統交代清楚。

就算是電影分鏡表，也加入了我自己寫的原始版本、執行導演廖明毅跟雷孟的改寫版本，以及跟攝影師一起討論的終極版本，根本就……有夠詳盡！

說到這裡，應該有人怕了，怕看不懂。

不，不會。也不用怕。

其實主軸還是人生的，一場大痛快！

我寫了很多很多一般鄉民也能得到ㄎㄎㄎ笑的有趣情節，畢竟是拍電影嘛，現場發生了很多好玩又深刻……又靈異的事情。囧。

還有四個主要角色，男主角范逸臣，女主角賴雅妍，女配角靜美姊，男配角莫子儀，這些明星演員是怎麼因緣際會進入這一部電影，拍片過程又發生了什麼事，都鉅細靡遺地活在我的回憶書寫中。

以後我要拍任何電影，很可能，都不會再這麼詳細記錄一次了吧。

對了對了，隨書奉贈一張DVD。

這張DVD裡面有什麼呢？

有現場拍片的花絮、正式拍戲時的側拍，以及鄭偉杰工作室操刀的電影配樂，DVD總

我很慶幸我的工作之一竟是記錄自己。

共有足足三十五分鐘，靠竟然比我的二十四分鐘電影還要久！

負責接案側拍的羅比很厲害，三十五分鐘充滿了非常生動有趣的拍片花絮，剪接得非常好，整體的節奏很棒。最重要的是側拍得超自然，側拍的時候我幾乎都沒有感覺，所以前幾天我自己看起來，感覺非常新鮮。

全書應該是全彩印刷（總編輯qb虎目含淚），因爲不管是劇照還是工作照的狀態都非常棒，都是兩台單眼相機、sigma類單眼相機、跟canon的類單眼G9相機拍攝。若非全彩印刷，簡直太浪費。

說過了這不是一本劇照拼貼湊數的電影書，《三聲有幸》光是字數有八、九萬吧，厚厚一疊，又加了一片DVD，才賣兩百六十塊錢，老實說成本超級不符的啊，我光是自掏腰包請羅比從旁記錄，跟自費製作了搭在花絮側拍中的電影配樂，就堂堂正正花了十幾萬！

希望三月六日後，大家能買票進電影院看場電影「愛到底」。

也能支持一下《三聲有幸》電影創作書的誕生囉！

澎湖演講行

2009.03.25

說到演講，上個禮拜去澎湖科技大學演講，順便好好地玩了兩天半，租了一台才跑了一百九十公里的TOYOTA Yaris，好新的車，開起來有種爽感。

其實我去澎湖玩，已經有三次還是四次了吧，是個很好休憩的地方。（上次就是去玩經典胯下海參啊……）

澎湖科技大學給我的印象超好啊，因為我已經很久沒有演講超過兩個小時了，唉，只要秩序好，我都很願意講兩小時，但學校方面會有時間限制的問題，縱使還是有很多投影片沒能講到，可在澎湖科大算是講得很過癮了，科科科。

不過，我忘了大學是一個可以講我與「手槍王」搏鬥過程的場所，限制級，下次看看哪一間大學有膽子邀我過去講吧……

我們住的地方是民宿「北非」，一個晚上三千六，主人很親切也很好客（我是還沒看

前幾次是租機車，今次是租汽車，有種長大了的錯覺。

我喜歡這件衣服。

我不適合戴墨鏡。

綁餌很煩，煩到讓我不想釣。

過很殘暴的民宿主人啦！），房間的擺設中，最要緊的就是正妹，其餘都可以勉勉強強，嗯嗯，一進房門就看到正妹一枚，嘖嘖嘖，果然是物超所值！

我問正妹能否伴遊，正妹欣然同意，於是就手牽手一起去郊遊。

「北非」民宿附贈的下午茶跟早餐都

很豐盛，沒在趕時間，吃得很隨興。

這次去澎湖，我覺得最好玩的就是到海洋牧場去釣魚。說是釣魚，其實我覺得在整個設計上好像沒有把魚釣上來的可能，不過我本就沒打算把釣上來的魚給吃了，所以釣不到也就算了，只是我的釣魚線跟女孩的釣魚線經常糾纏在一起，顯然有點曖昧，害我不停剪線重釣，可惡。

沒釣到，不過我們有三百五十元牡蠣吃到飽，吃吃吃吃吃，現烤現吃最讚了，帶我們玩

剛剛烤好的牡蠣超燙

烤生蠔超甜超好吃的啦！

校稿時看到，整個很餓！

的蔡先生的手發育得很驚人，完全無懼剛剛烤好的牡蠣超燙，就徒手剝殼，被我們不停稱讚怪手很強之後，蔡先生完全沉迷在徒手剝殼的表演中，我想他其實也很痛吧，男人的自尊心眞的不能小覷啊。

那幾天我們吃了很多海鮮，有「長進」、「清香」、「清心」。

我覺得「長進」最好吃，尤其是那一鍋紅蟳粥，香氣驚人，完全就是太好吃!!!好吃到我們完全忘記要拍下來，就被整個吃光光啊。再來是遠在西嶼的「清心」，最後是近在菊島之星旁邊的「清香」，不過這也跟我們點的菜色有關吧。

來澎湖，仙人掌冰當然也是一定要吃的啦！吃完嘴唇跟舌頭都紅紅的，感覺就非常地色（……哪裡色？）。

藉著演講到處旅行眞的是很幸福啊，希望聽演講的大家也能有豐富的收穫；沒有確切的收穫，至少也開開心心地聽我豪洨一個半小時，科科科科……

今年好像很有機會到金門跟馬祖演講，一網打盡台灣外島的感覺很爽，不過金門的學校一直沒有持續跟我經紀人確認，有流標的危機，馬祖至少希望可能成行啦。

我很想念澎湖的陽光

真正的Rocker，鄭南榕

2009.04.04

這篇爲了紀念鄭南榕的文章，我想都沒想就應允下來，只是照常拖稿。

唸交大的時候，我上了一堂由呂明章老師開的通識課，課名忘了，好像叫台灣民主政治發展之類的。呂老師放了許多關於「台灣政治事件」的紀錄片給大家看，比如江南案、二二八、白色恐怖、戒嚴背景、開放老兵回大陸省親，乃至三強鼎立的台北市長選舉辯論會紀錄等等……我震撼很大，算是我的民主啓蒙。

其中有一次，坐在教室角落，呂老師放了一卷關於言論自由的紀錄片。

我看著螢幕上，數十個全副武裝的警察重重圍困住一棟位於台北市精華地段的公寓樓下，突然，三樓一聲轟然爆炸，巨大的火舌凶猛竄出破碎的窗戶。

我心中一片激動的空白。

一年後，我寫了生平第一部小說《恐懼炸彈》。

在生澀拙劣的筆法中，寫著寫著，鄭南榕竟成了我第一個在作品中引述的人。

原文如下：

但我一點也不想再失去任何東西了!!

海堤上，我想起了鄭南榕，一位可敬的言論自由鼓吹者。

鄭南榕跟國民黨政權搏鬥時，說過：「國民黨抓不到我的人，只能抓到我的屍體。」所以他後來自焚了。

爲了理想，人可以犧牲一切，連身體都可以毀滅。

我沒那麼偉大，但是我也有絕不能割捨的尊嚴，那就是自我。

如果我不能思考了，就跟蚯蚓一樣，只能靠本能生存，以後的人生，也只是在一連串的隨機與意義不明中掙扎，我將被無知地整合，我永遠不明白我將吃到什麼東西，不知道對方對我的感受，不知道我的親密愛人對我許下什麼甜美的諾言，最重要的是，我將失去反抗的意識。

社會學家傅柯（原諒我忘掉他的原名，因爲我的英文除了fuck以外都忘光了）說過，於權力扭曲無所不在的世界裡，我們必須保有批判的能力，即使知道現狀不可能改變，即使反抗無用，我們也必須保有反抗的意識，至少我們必須知道壓迫跟扭曲的事實。

對比那一聲青天霹靂的爆炸，現在檯面上的政治人物，都是語意不清的嘴砲。

說話的自由，是一個人最基本程度的尊嚴。

鄭南榕主張百分之百的言論自由，有他的特殊時代背景，尤其在高壓統治底下，政治性的言論屢屢遭到箝制，不強調「百分之百」，不夠力量。

人類的社會，硬體上的突飛猛進肉眼清楚可見，不管你是堅強地活著還是苟且地賴活，都會知道電視越來越薄、冷氣越來越安靜、車子越來越省油、大樓越蓋越高越、蓋越密集。

相較之下，人類社會「軟體」上的持續進步，卻很少人「眞正意識到」，也就很少人會眞正珍惜。

民主得來不易，言論自由得來不易，可沒有經歷過沒有民主的人，不會深刻意識。在現在的台灣社會，我們活在理所當然的言論自由底下，覺得透過投票產生大大小小的民意代表是「啊？本來就該這樣不是嗎？」的事，覺得什麼都可以直說，什麼都可以踢爆，覺得在網路上義正詞嚴幹譙大尾的政客是一件很酷的事——被抓被關？壓根沒有想過，就算眞的被抓被關了，大概別人也會覺得很屌而不是很悲情吧，這個超自由的時代就是這麼奇怪。

思想是最高階段的集體默許。能在習以爲常的政治思想中突圍，便是革命。

思想上的革命絕對不會是線性式的，也不具有標準規格化，所以不會有標準答案。於是世界上並行共存著許多政治制度，民主、共產、社會、君權、極權，摻在一起亂混一通的也不少。光民主就不只一個樣子，尤其在我們看起來超不民主的地方，尤其喜歡強調他們過得相當民主、不想別人插手。

思想上的革命，原本就是推翻現任統治階層的強大武器，不管在地表上哪一個國家，都不可能存在百分之百的言論自由，有的國家禁止任何人侮辱元首或國王，有的國家斤斤計較維基百科的條目定義，有的國家列管google上的關鍵字搜尋，有的國家乾脆他媽的封鎖網路。

說起來很弔詭──如果沒有百分之百的言論自由，就等於沒有眞正的言論自由。

在法律上，我們設限了很多情況不允許你有絕對的言論自由，比如造謠毀謗（我最度爛這一種，小人見一個砲一個），比如公然侮辱（李敖自稱他的強項，是他不只罵蔣介石是王八蛋，他還能證明蔣介石是王八蛋，所以這樣就不算公然侮辱了，而是洩露國家機密），比如希特勒式的種族高低論（此時拿郭冠英比鄭南榕，鄭南榕在天上會殺很大吧!!），爲什麼有這種設限？不須多想，在法治國家的法學理論上，肯定是──犧牲個人一小部分的自由，去成就集體人類更大的社會進步。一向如此。

同理可證，所以你沒有偷竊的自由，沒有搶劫的自由，沒有殺人的自由，因爲你的爲所欲爲會造成別人的痛苦。所有人都舉雙手雙腳同意我們不可以有這種自由。

雖然，我也同意有些雞巴人拿言論自由爲盾牌，洋洋得意到處用語言傷人害人抹黑人，眞的很想飛踢他的臉，然後一臉歉疚告訴他「我有在大街上飛踢的自由，只是你的臉好死不死出現在那裡」……如果不需要我非常巧合的飛踢，直接就有法律給予這種雞巴人制裁，那是再好不過。

然而，「犧牲小我，完成大我」如此「情理完善」的法治理論，對我來說始終是一件相當可疑的事。畢竟這類的論調，正是統治階層拿來控制人民的最好武器。

在過去，與現在，統治階層會用民胞物與的情懷，搭配苦口婆心的口吻告訴你，某些思想是很危險的，只要你說給別人聽，寫成書給別人看，就會造成社會不安，所以很抱歉，你不能擁有把這些東西表達出去的自由。如果你還是執意要說出那些思想，就是太自私，就是為了你一個人的言論自由，惡毒地妨礙了大多數人不想聽你說這些話的自由，所以你的言論──乃至你這個人，就必須被社會性抹殺。

不管在世界上哪一個國家，不管在形式上或在本質上有多麼民主，當權的統治階層，都畏懼著足以消滅它的聲音。可思想上的不斷突變、進化、擴張多元性，才是讓我們人類越來越進步的真正原因。（我疑神疑鬼寫了一篇叫〈X理論〉的小說，不過我至今為止還活得好好的，想必是那一篇陰謀論小說寫得遠遠不夠好。）

在如此承平時代，我們可以大大方方從各種角度去探討言論自由的限制，絞盡腦汁去辯論百分之百的言論自由是不是恰當的，我們都是鄉民科科科的嘴砲。

可是，就在不久前的過去，在那一個只要說出異論，國家機器就會發狂運作封殺你思想的慘白時代……

上面是瘋狂的法律。

後面是無止盡的牢獄。

門外是大聲吆喝的警察。

思念裡，是摯愛的妻子與女兒。

鎖起門，一個人孤孤單單坐在汽油上的鄭南榕，他在想什麼呢？

或許他很害怕。

但是他沒有害怕得落荒而逃。

他拿起打火機，輕輕擦出了黑暗中的一點微火。

那一聲悲壯的巨響，點亮了很多很多。

一千個紙上空談的理論家，比不上一個貨眞價實的實踐者。

用google搜尋了一下鄭南榕，出現了這麼一句話：「向正港的Rocker鄭南榕致敬！」

寫的，眞好。

2009.04.8

《哈棒傳奇》變成了……某大專國文科的通識教材啦，真的好有趣啊！

哈哈哈，其實我不會妄自菲薄喔，我覺得自己有幾篇散文跟幾個短篇小說，還滿適合當作國文教材來上課的，比如《慢慢來，比較快》裡面的幾篇散文，跟《綠色的馬》裡面的短篇小說，寫得不錯之外，都很有能量，也很有我自己的個人風格。

But！

人生最離奇的就是這個But！

今年我收到了這一份由慈惠醫護管理專科學校、通識教育中心國文教學組編製的大專國文選教材，裡面收錄了我一篇短篇小說，萬萬沒想到的是，竟然收錄了我自認爲百分之一億不可能變成國文教材、更不可能變成公民與道德的教材的——

《哈棒傳奇》之〈吳老師的數學課〉！

夠

有

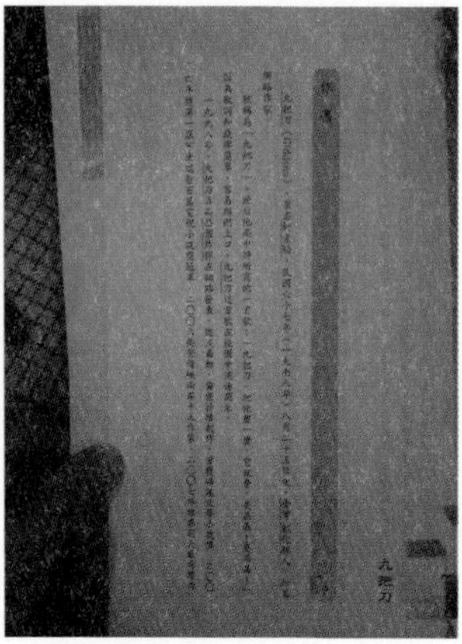

扯

吼！

這眞是太猛啦！

有沒有那麼誇張啊！我眞的很開心跟覺得超級有趣的啊!!

《哈棒傳奇》是我百分之百統統亂寫的，寫得很開心，但眞的沒想過要放什麼意義進去耶。〈吳老師的數學課〉這一篇尤其是亂寫中的大亂寫，結果變成了我第一篇被正統體制收進去的文章:D

誰說大人都是死氣沉沉的、無法理解年輕人的大腦裡其實有時候就是什麼也不想裝啊?!

有的時候大人做事，才教我們大吃一驚咧！

北極光快克殺手絕命派對

2009.04.14

最近都沒有更新網誌，因爲我在寫《殺手》啊。

照片先放幾張我去台北清水高中的演講。

嗯嗯，清水高中的場地眞不是蓋地棒，麥克風效果眞好。

清水高中演講

有時候我去高中演講，麥克風的回音太大，會讓坐在兩邊的同學聽得很不清楚。而麥克風聲音太小，大家一起聽不清楚，或者我喊破喉嚨同歸於盡（同歸於盡是這樣用的吧?!）。可清水高中的設備算是十全十美了，加上同學聽演講的秩序超好，營造出非常棒的演講環境，讓我整個就很high啊。

謝謝你們，也謝謝這個同學送給我的畫，很明顯是畫我，而我也很明顯本人比較霸氣哈！最重要的是，希望熱血的演講可以帶給大家一些勇敢的想法啦:D

最近受邀看了一場舞台劇，兩場電影，也來寫寫感想。

屏風表演班推出的「北極之光，鍾愛版」，很好看。

說每個演員的表現都超棒的好像太籠統，所以我要說我很喜歡王月姊、曾國城跟朱德剛的演出。王月姊的聲音超年輕，年輕到有點太傳神了，我覺得王月姊一直用董至成的初戀情人噹他的那一段，好好笑啊。曾國城的表演很有喜感，現場觀眾的反應超好。朱德剛在舞台上是演成精了，看他表演非常享受。

本人比較霸氣吧！

女孩跟我都比較喜歡前半場，喜劇氣氛濃厚，嘻嘻哈哈的，於是我們也看得又親又抱的。下半場氣氛轉爲憂鬱，看到最後，舞台降雪，女孩看著看著又哭了。

推薦大家去看看「北極之光」囉，現場的表演生命力十足呢！

今晚則是連看兩場電影。

一場是「快克殺手二」，傑森史塔森演的超high片，我看現場工作人員應該都是一邊吃

搖頭丸一邊把電影拍完的吧。

合理票價，三百元。

high到不行，很正點，第一集就非常好看了，第二集更是誇張到讓人想猛踢坐在前面的人的椅子，好笑的非常好笑，恐怖噁心的超級噁心——有一段約三十秒的畫面，應該樂勝百分之九十九．九的恐怖片。

「快克殺手二」，很可能是我今年看過「第二好看」的片子，所以合理票價衝破了三百。至於今年爲止第一好看的絕對是「即刻救援」，整個就殺翻天了（用殺很大三個字，大家一定看膩了），「即刻救援」就快下檔了，沒看的快去看，不然實在太可惜了。

在看這兩部片的時候，我內心都拚命希望不要太快結束，就算後面稍微爛尾一點都沒關係，繼續給我演下去就對了！這是非常好看的的片子才能讓我有這樣的感覺啊！

「絕命派對」是新銳導演柯孟融的第一部長片，這片的類型正好是我最喜歡的片種——恐怖驚悚類。

合理票價：一百五十元。

這個要評論就難一些了，畢竟我的心中再怎麼「好片爛片無國界」，台灣出品這四個字其實還是頗有影響，加上我看過的恐怖片很多，對很多恐怖片的經典畫面的記憶力又特別地

*Career*雜誌採訪報導，〈失志時代，活出熱血人生〉，396期

強。

說起來，我參與導演的電影「愛到底」下檔了，現在講一些後話應該客觀多了。在各式各樣的宣傳裡，其中有一件事讓我有點小驕傲，那就是，我不曾在任何地方、報章雜誌、網路、電視媒體說過：「請支持國片」這五個字，我覺得好看就好看，不好看就不好看——只有支持好片，沒有支持國片。

很不想這麼意識形態，但以台灣來說，我很推薦大家買票去看「絕命派對」。

這部恐怖片雖然大量拼貼了許多你我都看過的驚悚片的畫面與節奏，有點像是老師在考前一天宣布的課本畫線總複習（總複習不見得不好，畢竟我們喜歡看恐怖片，就是喜歡看某些殘暴的老梗不斷繁衍，就如同喜歡看愛情片的人，還不就是喜歡看搞曖昧、進而熱烈追求等老梗），但也不乏有新創意的部分，小雷一下——如果可以將「全身抽脂」確確實實拍出來，一定超酷的啊！

缺點是，用HD拍攝的結果就是畫質很像電視，而不像大螢幕電影，這明顯是預算上的匱乏，我不覺得是導演或製片的錯。攝影機異常過度晃動的呈現，我不喜歡，常常晃得很隨便，也因此許多可以搞得很殘暴的畫面都晃一晃晃掉了，可惜。另外，就是類似場景不斷重複的頻率太高了。

優點是，我覺得導演柯孟融很有拍恐怖片的才華，比起前幾年的「宅變」——號稱恐怖片可是我沒有一秒被嚇到或坐立難安，這一部「絕命派對」的節奏感好太多了，導演柯孟融絕對還會拍出更好的作品。

最近也想找時間去看舞台劇「膚色的時光」。

遠傳推出用手機下載我的小說《獵命師傳奇》的服務，雖然在台灣大家用手機看小說的風氣沒有大陸或日本旺盛，但對我來說，還是非常快樂的嘗試啊，最近有點想換電信門號了，也許也可以藉機考慮遠傳吧……

最後的最後，最新一期的*Career*雜誌（職場情報誌）採訪我，寫出來的報導我自己看了也有點感動，看來我真的有點三八啊！我覺得推薦採訪自己的雜誌報導很奇怪，但這一篇尤其推薦給快要踏進職場的學生。

2009.05.01

今天我出門拍常去的地方，結果意外拍到街頭格鬥賽

由於有很喜歡特殊的合作案找上門，今天特地不寫《殺手》出去一大趟，去拍幾個我常常去晃的地方，有的是喜歡吃的小店，有的是以前常逛的區域，有的是常常去寫小說的咖啡店，甚至是以前還沒在台北租房子時常去住的小旅社。

當我逛到西門町的時候，突然看到有一個高大威猛的路人走到一台車子旁，他先是大聲說話，說一些諸如「你剛剛很囂張嘛！」之類的話，然後將正在開車的司機整個拖出來。

（一大堆路人都在看）

沒打啦，不過感覺快了。

那個司機嚇很大，車子沒停還在動，於是奮力掙脫了那攔路大漢的雙手，跑回正在移動的車上。

那大漢繼續逼近，可那司機好像是自知理虧地快速逃走……

我有相機，所以順手拍了下來，嘖嘖。

嗯嗯嗯嗯，好險最後沒打起來，不然我就要走過去各崩一掌，接下來會行程大亂啊!!!

ＰＳ：我經紀人曉茹姊再三囑咐過我，絕對不可以打死人啊……

FIGHT!

2009.05.05

最常被讀者問到三大經典爛問題

到學校演講時，最常被學生問到三個問題。三個問題都很爛。

第一：「請問九把刀，你爲什麼要叫九把刀？」

請查維基百科啊，總之那是我高中跟大學時期的綽號。

第二：「請問九把刀，你那九把刀，是哪九把？」

這個問題爛的等級，跟鄉民的喇賽差不多啊。

第三個問題，通常發生在演講剛剛結束時，我裝模作樣地問：「請問各位同學，對剛剛的演講有什麼疑問的嗎？」就算底下有學生想問問題，大都不敢第一個舉手，所以現場會一片死寂。

怎辦？老師跟教官心地都很善良啊，此時就會在底下走來走去，用手肘去拐班上模範生的後腦勺，壓低聲音命令：「班長！起來問九把刀一個問題啦！不然他在台上很尷尬耶！」

此時，舉手的模範生要不問第一跟第二的爛問題，大多會彬彬有禮地問：「請問九把刀，你那麼會寫小說，寫過故事的類型又那麼多，請問你的靈感都從哪裡來？」

這個問題，乍聽之下好像還可以，但實際上這個問題的等級其實跟以下問題的水平差不多……有一天你在馬路旁邊撞見一個老先生在鋪柏油，你在老先生的耳朵旁邊大聲問：「老先生！請問你爲甚麼那麼會鋪柏油?!」愣了一下的老先生只能靦腆地回答你：「科科科，啊我就是鋪柏油萬中選一的奇才啊。」差不多爛。

關於靈感的問題，只要是靠腦袋吃飯的人，絕對常常被問到，若作家很誠實地回答：「我寫作不靠靈感，靠的是才華。因爲我是萬中選一的寫作奇才！」

聽到這種答案的讀者一定很度爛，認定作家只是逮到機會用嘴巴放屁，不誠懇，太自大，馬的以後寧願去背字典也不去看你用才華洋溢寫的書。

每次找理由去香港，都覺得很高興，領獎這個理由，實在是太好了。

既然讀者堅定不接受誠實的答案，爲了不冷場，作家也只好胡謅一些整理靈感的方法，諸如作筆記的技巧啦、剪報的個人邏輯啦、最近看過頗有啓發的一大疊書單啦等等，把作家自己其實沒有認眞想過的問題規格化，弄出一份從靈感到完整作品的路徑表，還細分流程步驟，甚至還有貼心的寫作小提醒。嗯。

不知道有沒有辦法找時間去學廣東話，我好像有一點天分？？！！

希望H1N1早早落幕啊，話說，香港被封鎖的維景我以前住過啊，印象非常好呢。

說眞的，其實讀者問作家的問題裡，有很多只是消耗時間的瞎哈拉，比如：「請問你寫作快樂嗎？」（究竟有誰會白目地說，寫作只是我的日常工作，快樂個屁！大家都馬回答好快樂啊！）、「請問你自己最滿意哪一部作品？」（最假的人會說，絕不自滿，所以統統都不滿意，會更加努力求進步，謝謝大家，請大家繼續支持。）、「請問你寫作以來遇到最大的困難是什麼？」（看看會有多少作家會誠實地說版稅太少很想死）、「請問你下一本書的寫作計畫？」（答曰：把《四十二章經》翻譯成英文）、「能不能推薦幾本幫助寫作的好書給大家呢？」（答曰：就《海賊王》啊……看我的橡膠槍亂打！）

問靈感怎麼來的，也像是沒話題找話題的問法之一，大家一起取暖。

既然是爲問而問，懶惰一點的話，我會引述李敖的經典名句搪塞過去：「李敖說，妓女不能等到性衝動才接客，作家當然不能等到靈感來了才寫作。」明明就是李敖說得巧妙，現場卻會響起一陣掌聲給我。謝謝大師，不要告我，我每次都有說出處啊。

偶爾……偶爾！我會準備很多投影片，來詳細解說我是怎麼蒐集靈感的，但對一個萬中……嗯嗯，的人來說，這種天花亂墜的解說常常都很心虛，所以我後來都用超畸形的例子在解說寫作靈感，畢竟聽大家在底下笑到撞牆，比感覺到聽眾竟然用尊敬的眼神看我，來得踏實多了……也比較不會下地獄。

至於讀者發自內心最想問我的問題，我反而無力招架。

比如：「喂！《獵命師》最新一集什麼時候要出啦？你這樣下去會有報應！」

或：「不是說二〇〇七年嗎？現在都二〇〇九了，《罪神》到底什麼時候要寫啦！」

還是：「刀大，《殺手》不是說好這個月就會出版的嗎、你要當富姦嗎？」

記憶力好的讀者最討人厭：「叩叩叩，有人在嗎？刀大你不是發過誓要寫《飛行》的嗎？不是發誓說萬一拖稿的話，睡覺翻身就會不小心把睪丸壓破的嗎？」

比起這一連串雞巴透頂的問題，科科科，我看我還是假一點，乖乖回答關於寫作靈感的問題好了……

2009.05.11

大恭喜……強獸人朱學恒成交！

原本這一篇網誌要繼續整理波蘭醫學院留學生的相關文章——

But！

人生最精彩的就是這個But！

But下午女孩打電話給我，用剛剛看到命案現場的驚恐語氣告訴我：「天啊天啊！你有沒有看網路，朱學恒結婚了耶！」

「嗯。」

我很冷靜地掛上電話，閉上眼睛，想像著一百九十公分的朱學恒在派出所當眾跪下來發誓的畫面：「我發誓，這是雙方情投意合下發生的親密關係，真的不是各位想像的那種事情。不信，我可以馬上娶她！」然後配上一連串《蘋果日報》的犯罪示意圖。嘖嘖。

後來我一連上網路，發現！發現強獸人朱學恒不只要結婚了，幹還要一鼓作氣盜回本壘，要當爸爸！要當爸爸了！

朱學恒於母親節鄭重自首（參見http://blogs.myoops.org/lucifer.php/2009/05/10/promise）

說真的，我這個人最喜歡恭喜別人當爸爸了（可能的話還想看著對方的臉連續說一百次），抱持著(1)幸災樂禍(2)避之惟恐不及(3)忍俊不已(4)歡欣鼓舞……的心情，答案應該是(4)吧?!馬上傳了簡訊過去：「你的保險套哪一牌的請務必告訴我！我沒有別的強項，所以我決定將來硬幫你的小孩取綽號！恭喜，噗哧！」

奉上爸爸一枚！

一分鐘後，顯然沒有在陪老婆的很閒新郎立刻回傳：「可惡……」

我恍然大悟，原來又是在眾爸爸間廣爲流行的「可惡牌保險套」！

（商品廣告例句：好友甲豎起大拇指，大讚：「可惡，我要當爸爸了！」）

恭喜一聲！

恭喜二聲！

……恭喜強獸人朱學恒於二〇〇九年母親節成交！

2009.05.13

反波波戰鬥

又要繼續寫點關於波蘭醫學院留學生（也就是大家所說的波波）是否可在台灣行醫的文。

其實每次爭論什麼東西，到了後來，都會發現理由之外的東西，最大的收穫往往不是實現了什麼，而是藉此又更了解自己一點。

每個人都有立場，沒有見鬼的絕對客觀。爲了順利溝通，我們也許可以盡可能說著客觀的話，但「自己心裡眞正是怎麼想的」，才是我關心的。或許是我自己的出身，我幾乎不鳥菁英主義，我寫大眾小說，每次有打著菁英文學旗幟的文學魔人要幹我，我都不客氣幹回去，以前我也寫過一篇「七點六九分上大學，又怎樣？」的網誌（收錄於《不是盡力，是一定要做到》），因爲我覺得大學不只是學術養成教育而已，應該給更多的人機會。或許我說得不盡然對，但我喜歡站在小人物、甚至廢物這邊講話，這種心態大概沒有錯。

幾個星期前，我在網路上看到一篇記者到波蘭醫學院採訪回來寫的文，內容不外是在波蘭習醫很苦，訓練很紮實，考試很嚴格（波波口中的惡魔跑台），被當一科就退學所以篩選很嚴酷等等，最後學生還得回台灣參加國考，通過了才能夠當醫生——記者顯然認爲，台灣醫生沒有理由反對波波回台行醫。

當時，我看了覺得……對啊！幹嘛反對啊？那麼強，回台灣行醫不很好嗎？

後來事情越滾越大，終於很多細節被網友爆了出來，原來很多東西不是我之前所認知的那個樣子，大幅度改動了我的立場。

比如波波考試的時候用的是規格化的人體模型（台灣學生用的是眞正的大體），比如雖然被當掉一科就退學，可波波可以一直補考直到過關爲止（另一說是補考三次。畢竟退學了，學校就收不到接下來的學費），比如波波要唸波蘭的醫學院，須通過英文檢定認證（結果有的學校根本不必）。諸如此類，讓我非常震驚。

所以我寫了上一篇網誌。

寫完後，我的信箱不斷收到本土醫學院學生的信，與他們陸續提供的資料，後來我也上了ptt的medstudent版，看了更多本土醫學院學生的說法。

當然了，我也收到了波蘭醫學院留學生的來信，他們覺得我的文章對他們並不公道，覺得我受到道聽塗說的資訊影響太大，無法公正，尤其我的網誌每天有很多人看，請我注意自己的影響力。（其實我本來就不公正，從我出生開始我就沒打算當一個公正的人，如果我發現我很公正會導致我被沒有實習過的醫生開刀，我更不想當一個公正的人。）

不過我覺得，應該給波蘭醫學院留學生一個說明的機會，尤其我自己也很好奇他們的說法。如果我眞的有認知錯誤，或是被特定意識形態給綁架，我也希望能夠「醒來」！

於是我請波蘭醫學院留學生給我一份「讓我可以公開貼出來」的信，當作他們的說法。最後我再將這一封公開信放在ＢＢＳ上，希望得到更多來自台灣醫學院學生的解答，於是我又更了解了事情的眞相。

始終，我很好奇一件事──爲什麼是波蘭？

既然你們到波蘭唸醫學院，爲什麼不是唸波蘭本地的班級，而是去唸國際班？你會說，本地班講波蘭語啊，又聽不懂，國際班講英文啊！當然選國際班唸！

那，英國的醫學院也講英語，老師的發音一定更標準，怎不去那裡唸？

美國的醫學院也講美語啊，教授的發音也超標準的啊，沒課的時候可以買ＮＢＡ季後賽票看Kobe跟James灌籃，又可以買票去看王建民一球一球投（……好啦現在是不能啦），怎麼不去美國唸？

你敢說，你選波蘭，不是因爲在波蘭讀醫科，簡單容易太多了嗎？？

如果你對醫學有熱情，想救更多的人，爲什麼要到一個醫學力比台灣低落的地方去學習？如果是因爲考不上台灣的醫科，但又駕馭不了體內不斷膨脹的熱情，無可奈何之下想起國外的醫學院比較好進……那麼，很多歐洲的醫學院也採取「好進難出」的策略，怎麼不去選法國唸醫學呢？怎不去德國？還是你一不小心就知道了其他「好進難出」的歐洲醫學院，三振退學率往往高達九成呢？

對醫學有熱情，對救人有熱情，不就應該好好挑戰一下醫學的殿堂，才能更充實自己、鞭策自己嗎？怎麼嘴巴講熱情，身體卻很誠實地走後門呢？

波波常說，台灣醫學院的畢業率太高，高達九成，比起他們百分之六十的畢業率，他們才算是有經過篩選。

網友kadc簡單地用數學指出這個謬誤。

正確算法如下：入學難度乘上畢業難度

	錄取率		畢業率		
波蘭醫科	100%	×	60%	=	6000/10000
台灣醫科	1%	×	90%	=	90/10000

相較之下，台灣醫科明顯地有鑑別率太多了。

鑑別率當然很重要，幹我不要被比我笨的人診斷。

以前台灣只承認九大地區（美國，日本，歐盟，加拿大，南非，澳洲，紐西蘭，新加坡，香港）的醫學院學歷，據我得到的資料，都沒有人有異議，也都覺得學成歸國的醫學院學生很有競爭力，並沒有出現什麼值得討論的排外現象——問題就出在歐盟。

自從二〇〇四年五月波蘭加入歐盟後，順理成章變成了台灣也承認醫學院學歷的一國，本來也沒什麼大不了——可凡有漏洞，必有代辦公司。

代辦公司與非常想賺錢的波蘭大學，聯手催生了畸形的醫學院國際班！

我剛剛順手google到，《今週刊》寫的一篇警示專文，〈六百五十名台生赴波蘭就讀醫學院〉，節錄一段：

> 事實上，波蘭在〇三年舉行加入歐盟的公投時，不少留學代辦已經摩拳擦掌，搶向各波蘭醫科大學簽訂國際班招生授權，每年掌握亞洲一百二十至一百五十個招生名額，只要通過英語面試並繳交學費，就能赴波蘭修習四年制的「學士後醫學系」，沒有大學學歷的學生，可以選擇六年制醫學系或五年制牙醫學系。整體來說，波蘭醫學系國際班的入學門檻，相較台灣醫學系寬鬆許多。（報導全文參見http://mag.chinatimes.com/mag-cnt.aspx?artid=65）

網友kugyu瞬間抓到重點：要考學證時，全台證實才一個人去唸……免考就大於六百五十

傳說中的考題

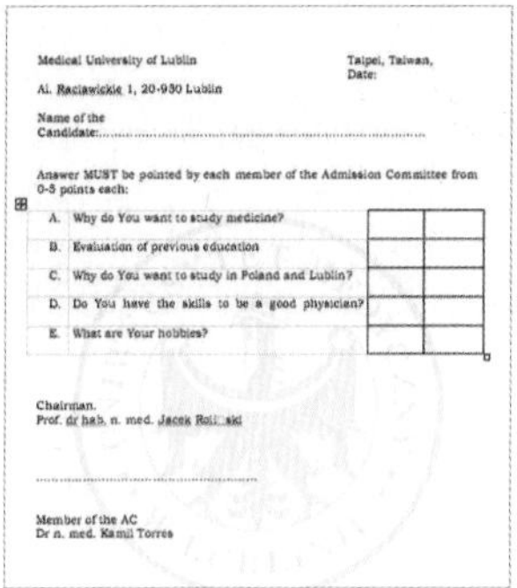

Medical University of Lublin
Al. Raclawickie 1, 20-950 Lublin

Taipei, Taiwan,
Date:

Name of the
Candidate:...

Answer MUST be pointed by each member of the Admission Committee from 0-5 points each:

A.	Why do You want to study medicine?		
B.	Evaluation of previous education		
C.	Why do You want to study in Poland and Lublin?		
D.	Do You have the skills to be a good physician?		
E.	What are Your hobbies?		

Chairman.
Prof. dr hab. n. med. Jacek Roli[illegible]ski

....

Member of the AC
Dr n. med. Kamil Torres

NAME (please fill with CAPITAL LETTERS): 6MD ***Attachement No.2***

....

....

Please select the correct answer by marking a cross X in the answer sheet below the questions.
Only ONE answer is correct. You have 5 minutes for all questions.
Good Luck !

1. The aorta is:

A. arterial vessel
B. venous vessel
C. lymphatic vessel

2. Pancreas is responsible for production of:

A. insuline
B. adrenaline- epinephrine
C. parathormone

3. Which one is not element of the peripheral nervous system:

A. Cranial nerves
B. Spinal cord
C. Spinal nerves

4. Nephrons form the:

A. kidneys
B. brain
C. pancreas

5. Neurons are:

A. cells of the nervous system
B. cells of the lymphatic system
C. cells of the blood system

人去唸，說突然對醫學有興趣眞是放屁，波波不能說的祕密就是去唸的心態和時間。

也就是說，以前去波蘭唸書，回台灣要考學歷認證才承認其資格時，只有一個人去波蘭留學習醫（如果一直說波蘭好，怎麼之前沒人想去？？），波蘭併入歐盟計算的二○○四年開始，學歷不用認證，就湧進了數百人。（此時忽然說，去波蘭唸書是因爲嚮往東歐古國的人文氣息，屁啦）

波蘭醫學院幹眞好唸，超配合代辦公司，這才是一堆聲稱他們對學醫很有理想的人，不選超強的醫學大國，而選擇了波蘭習醫的眞正理由吧？波蘭何辜？問題在國際班！

也許有很多言論支持波波的人、或波波自己也覺得，既然當初法律就這樣規定，即使是漏洞，波波也是合法地去唸書、合法地取得學歷（管他多好拿到畢業證書），就應該獲得保障，回台灣一起參加國考（這個國考非常好考，應該是醫學院學生的共識吧）。

好吧，一切都講到法律的話，就來看法律吧——我樂意網友littlegin查到，日本也有類似的波波問題。

查了日本厚生省網頁，才發現，原來日本也有類似波波的問題@@!

請看「http://www.mhlw.go.jp/topics/2005/10/tp1005-1.html」

裡頭紅字的部分大意就是

「最近有一些代辦公司以『回國就可以考日本醫師執照』為宣傳吸引學生赴外國唸醫。
實際上外國醫學系畢業生經申請「報考資格審查」後，
厚生省將對個別申請者之能力及所受教育進行審查。
針對外國醫學院校，並非一概承認其畢業生具有醫師考試報考資格」
「因此，即便於外國醫學系畢業，亦極有可能無法取得日本醫師國考之報考資格，
敬請注意！」

看到國家因爲法律上的失誤，花大錢賠償你們!!!

眞的！就算國家對不起你們！也不應該讓沒有實習經驗的人回來當醫生啊。（不要再唬爛波波有實習了，都聽不懂波蘭話是要怎麼在波蘭實習，難道有只收會講英文病人的國際醫院嗎？課表上也沒有貨眞價實的實習課啊，只有一般的走晃見習啊！連波茲南醫學院校長來台灣時都承認，波校所謂的實習不過是六至八小時的課程，台灣則是十八個月。）

法律爛掉了，怎辦？放給它繼續爛嗎？

網友littlegin查到，日本也有類似的波波問題，因此也開始立法防堵。過去做錯的事，日本願意修法回敬那些代辦跟偷雞摸狗者，台灣呢？

我很討厭有人對我說謊，或講話避重就輕。

波波常常說他們的入學考試是有「比較簡單」。那些考卷很多網友都看過了，豈只是簡單而已，連我這種從高二開始就不唸生物的人，考八十分都沒有問題，毫無鑑別率可言。

另外，波波常常說他們有見習。可見習不是實習。

1. 波波一直回避實習的質疑
把波蘭本地醫學生的實習稱為"在職訓練"
把到自己到醫院的見習稱為"臨床實作"
台灣醫學生的實習是學完所有書本知識後
紮實的到醫院1~2年，要值班
問診，身體檢查，抽血換藥，急救病患，
和上級醫師討論用藥和治療策略
累積完整的照顧病患數量和經驗
和波波所說
上午上完課，知識尚未融會貫通
下午到醫院和語言不通的病患"臨床實作"
恰好學到的病就一定有得病患者就診?
不用值班，沒有壓力責任
這樣的訓練
真的稱得上實習嗎?
真的像是用模型考試的惡魔跑台?

2. 好的醫師最重要的是態度
為何
花錢走後門的波波
會比認真準備聯考，認真通過實習訓練的台灣畢業生
會更用心?

網友Mowbaby解釋得好。（我都挑一般民眾可以理解的貼）

2. 不斷說波蘭醫學院並沒有很好讀

他們覺得沒有很好讀≠波蘭醫學院真的很難≠波蘭醫學院品質好

波蘭醫學院不好讀，台灣的就好讀了嗎?　台灣還不好進咧。

3. 不斷說學歷測試對他們不公平

沒面試的指考 →考不上、不想考、沒時間

有面試的學歷測驗 →怕被黑掉不敢考、考不上、不想考

都給你們去講就好了啊，難道都不考直接讓你保送?

而且為什麼只有那些在東歐的抱怨不公平?

在其它國家，如日本、菲律賓、美國等就讀的，就沒聽過?

修法不是只考東歐耶，是全部國外都要考。

網友intotherain這一段寫得很明白。

此外，這醫學院內的競爭指的究竟是在學時，還是畢業考國考呢?
若是指在學時，先看看這則報導吧http://blog.udn.com/tayiu/2551505，醫學院內的競爭嚴格? 那麼這些經歷波蘭國際班嚴格競爭的學生們，在回台灣考國考時，錄取率怎麼只有三成? 相同的考試，台灣的畢業生可是有九成啊! 那台灣醫學院內的競爭一定「超嚴格、嚴格到爆肛」。

網友AllenTTN說得妙。（還是挑一般民眾可以理解的貼）

很多事，從辯論的角度可以產生勝方跟敗方，可常常我們這些老百姓在網路上辯論得很盡興，也自以爲達到了公民社會的開放性，但這個社會實際的運作面往往很粗暴——立法院說了算，而制定法律的立法院是台灣最高的權力結構，它會聽誰的呢？對自己與大眾的眞實想法無法動搖遠在之上的力量這件事，幹就是很無力。

舉雙手贊成波波回台行醫的人，說得一口道理，可你們願意給波波看病嗎？有膽脫褲子上手術台讓沒有實習過的醫生幫你割盲腸、切包皮嗎？你身邊重要的人生病了，你也願意將她獻給當年指考只考了你一半分數不到的醫生決定生死嗎？

我完全不適合扛大旗，只是我正好關心這個議題，也覺得這個議題值得更多人關心，我也完全不覺得我寫得有那些醫學院學生來得好、來得仔細與完整。只是我用門外漢的方式寫文章，比較能讓大家看得懂，弱點正好拿來利用。

回想起來，我高中唸的是彰化精誠中學，小學校，不過也有一堆很強的人，當時採能力分班，所以我被迫跟很多怪物一起唸了三年書，聯考壓力很大，大家唸書都唸得很猛，我很清楚班上那七、八個後來考上醫科的朋友跟我自己在知識學習上的差距，往往老師講完了觀念，他們就可以開始解聯考題，我卻要從基礎題型慢慢算起。

我也有一個聰明的好朋友，是個女生，她以前唸的是台大心理系，後來唸完了碩士還是想學醫，於是她就很努力地考上了學士後醫……對啊，這也是另一種習醫的管道，當然指考上醫科不好上，學士後醫也不好考，但就因為統統都不好考，所以讓這些既聰明又努力的人當醫生，才更能讓人放心不是嗎？

一個陽明醫五的網友寫信給我，他也說得有道理。

每個人的天分與才能不一樣，比寫小說，他們說故事當然沒有我好，但我知道他們腦袋

陽明醫五的網友來信

我同意聯考不是最好的篩選機制
但我必須說，從來沒有任何一個考試，可以精準測驗出誰有適合當醫師的能力

如果要說測驗如何當個好醫師，恐怕只有廣大的病患群有資格說誰是好醫師吧
但要用病患的生命檢驗醫師適格與否，絕對不可行，
因此我們用一些其他的考試、訓練把關，希望行醫的醫師的良率達到最高

而每次的考試、訓練都祇具有一定的信效度而已
假設一個考試可以測出8成的準度，那我們用連續多個考試，才能達到9成99的準確度

在台灣的聯考、本國醫學課程、實見習、國考
就像是一連串的篩檢，而且每個篩檢的信效度都經過國家政府主管機關的評鑑
所以這樣管道出來的醫師具有一定水準（不敢說多好，就是現在的台灣醫療水準）

而波蘭的醫學生呢？ 沒有經過聯考、受一個國家無法監督的醫學課程訓練
就算通過了學歷認證，也還沒人敢保證適合與否，
正因為單一考試不可能精準測出誰有適合當醫師的能力，
我們更不能接受波蘭醫學生，直接以國考作為執照把關的唯一關卡

文中闡述優秀的波蘭醫學生表現，更非重點
同班同學，有拿書卷的、有吊車尾的
指著書卷說：「你看，我們班的學生都很強吧~~」.....一點意義都沒有
就是不知道你們一群人誰是書卷、誰是吊車尾，所以才要考學歷認證鑑定一下啊

靈光，我很放心將來有一天我要看醫生的時候，是他們在向我解釋病情，而不是當初拿一大箱鈔票鑽法律漏洞得到學歷的人。

最後，其實現在我的心中是沒有熱血的。

這件事讓我覺得台灣醫療界非常黑暗，重點在於，許多鑽法律漏洞的波蘭醫學院留學生的爸媽，都是醫生本身！如果連醫生自己都覺得自己的孩子腦袋不靈光、甚至不必實習也可以當醫生的話（所以才會把小孩子送出去），毋寧賞了那些正在挺身而出對抗這個大漏洞的醫學院學生，一個大巴掌！

所謂醫德敗壞，不必等那些走後門的波波回來台灣行醫，醜陋的嘴臉現在就可以看得清清楚楚。

有醫學院學生寄信給強爸人朱學恒，希望他在人生就是不斷的中出之餘，能挺身而出。朱學恒說：「一直有人寫信來叫我支持反對波波醫生的連署，我是不反對你們一直寫信來啦，但上一封信說『這不是爲了我們醫學生的前

途，而是為了全國人民的健康！』，幹，去年這樣跟我說的大學生是在搞直銷耶！」

某種程度，沒打算參戰的強爸人點出了很大的問題。

到底是醫學院學生為了全台灣健康品質而戰，還是為了捍衛工作權而戰？

今天大部分的醫學院學生在畢業後，都不想進四大科，成績夠的話都一股腦地往皮膚科、眼科、耳鼻喉科、精神科、家醫科鑽，盡可能不碰太過勞累的科別（也有醫療糾紛的潛在問題），這樣的選科潮流已經存在很久。當然，人各有志，沒有要醫生每個都徹底犧牲奉獻，但這個現實也跟大家幻想中「以拯救人類生命為目標」的熱血醫生，相差太遠。

最後的最後，我的網誌一天有很多人看又怎樣？真正有辦法參與制定法律的人我一個也不認識，很多人知道身邊即將有很多實力不足的醫生又怎樣？其實若改變不了什麼事，我花三個小時寫這篇網誌，就等於在練習口才而已。

辯贏我的人，我給你拍拍手，祝你身體健康，但我不會因為法律有落日條款保障波波，就微笑放心地給波波看病。

我以後絕對會非常注意正在跟我對話的醫生的畢業學校。ＭＩＴ醫生萬歲。

五月三十一日，台北「要修法，保健康」大遊行，集氣！

2009.05.27

最近我遇到一些朋友，他們都對我在網誌上砲轟波波現象很詫異，一方面詫異波波眞的很唬爛，二方面詫異……

「九把刀，社會上有那麼多議題，爲什麼你偏偏對這個議題那麼生氣？」

如果，在我發文之前，已經有許多非常嗜血的媒體、酷愛鎂光燈的立委、超愛豪洨的名嘴、很想作秀的名人爭先恐後圍剿大走後門的波波，幹，我哪有這種閒情逸致！

我正在寫《殺手五》的最後驚險結局啊！可以寫正宗殺手，爲什麼我要花大量時間閱讀資料、花大量精神寫這種「殺手：實習無用的波波」！

所以這件事我眞的很好奇了——就是一向非常樂於揭人瘡疤的媒體，這一次幾乎都選擇站在波波那邊、或是徹底忽視、或是將波波醫生問題當作是台灣醫生怕被搶飯碗的就業問題，爲什麼呢？

我私下得到的情報，老實說不讓我震驚，只是讓我更厭惡那一些用金錢與權力互相交易、共築的邪惡大人堡壘。（反正我寫了也沒用，媒體又不會爆，白白被告。）

現在，不僅落日條款不用討論了（就是，防堵漏洞的修法是否溯及既往），現在立法院已經表示，防堵漏洞的法律修正案根本已經排不進議程，也就是說，今年又會有數百名捧著鈔票與夢遺的青年才俊，在代辦公司的牽線下跑到波蘭、匈牙利、羅馬尼亞等免考學歷認證的醫學院，就讀量身打造的「無實習國際班」！

對！歡迎來到現實世界！

恭喜恭喜，鞭炮送你，屁眼夾緊一點不然我火會點歪。

也許法律最終的最終仍會宣布勝方是波波（反正球場是你的，裁判、球證、旁證都是你的人，怎麼贏你啊哈哈！），但這陣子晚上睡不好覺的人又不是我，一直在電腦網路前猛擦冷汗的也不是我，要打電話給波波兒子邊哭邊報喜的人也不是我，打電話到處哭到處ＡＴＭ的人也不是我啊！

然而在我們喪氣地說出：「頂多我以後看病的時候記得看醫生學歷。」這句話前，三天後，五月三十一日，有一場遊行需要大家的支持。

如果人夠多，氣勢夠強，就不怕沒機會翻回來。

五月三十一日我正好在台北，但不想去參加遊行結果被說想紅（幹！），所以五月三十一日就看大家的力量了。我會一邊抓片一邊守在電視機前，看看媒體會用什麼觀點報導這則新聞。

希望這一場遊行只是戰鬥的又一次開始，而不是聲嘶力竭到結束。

以下附上幾個非常仔細的說明網址，可以幫助大家更了解這件重大醫療事件。

我不曉得有多少人會點進去，也不曉得有多少人會看完。

波蘭醫學生事件　http://nopopo.wikidot.com/letter-1

今日大開波蘭後門，明日台灣醫療品質岌岌可危！　http://nopopo.wikidot.com/letter-2

給中，牙，西醫　http://nopopo.wikidot.com/letter-3

廢除外國學歷認證的不平等條約！　http://nopopo.wikidot.com/letter-4

你的醫生可能沒有經過實習，你知道嗎？　http://nopopo.wikidot.com/letter-5

您知道您的醫師沒有實習過嗎 - 2　http://nopopo.wikidot.com/letter-6

兵法說，一鼓作氣，再則衰，三則竭。

這是我第三篇關於波波的網誌了，也許你們也覺得無聊了。

但這眞的不是一件「看膩了，好煩喔又是波波！」就可以視而不見的鳥事。

眞心祝大家健康，也祝大家平安。

然後先預祝五月三十一日「要修法，保健康」大遊行成功。

在那之前，你該做什麼樣的事？

2009.06.04

好久沒認眞寫個網誌了。

幾個月前參加一個大型的座談會，主持人是王文華，跟我一起座談的還有方文山跟女王。讀者提問時間，有人舉手問方文山：「我要怎麼做，才能成爲一個專業的流行歌作詞人？」

方文山回答：「很多人問過我，要怎麼做才能當歌手。我都很想反問，你是喜歡唱歌呢？還是喜歡當歌手，因爲這是兩件不一樣的事。」

我在一旁聽了，差點鼓起掌來。

接著，方文山繼續說：「你問我，怎樣才可以成爲作詞人，其實如果你將來想作詞，你現在應該已經在做一些相關的事，也許你已經對讀詩有興趣，也許你已經寫過幾首新詩，也許你已經動手寫一些有的沒的，不會都在做一些跟詞曲沒關係的事吧？如果你說你想玩團，但你又不會彈吉他，又說你不會唱歌，也不會彈keyboard，那麼，你想玩團？爲什麼？」

方文山講得眞好啊，所以現在我要做的，只是延伸他的話。

我真心崇拜方大師啊！

同樣有很多讀者寫信給我、留言在網誌的悄悄話裡、或者演講後舉手發問，想知道「九把刀，怎麼樣才能成爲一個作家啊」。

就跟方文山說的一樣，你想成爲一個特殊的、你想成爲的人，就說「職業」好了，這樣的自我期待一定不可能「憑空出現」。

正常的狀態應該是，你很喜歡看小說，喜歡看金庸，喜歡看倪匡，喜歡看村上春樹，某天忍不住買了幾張稿紙動手寫幾段話，寫滿了幾張稿紙後，覺得自己寫得挺不錯，於是又跑去買了幾張，繼續寫繼續寫。

也許某一天心情好，你將稿子整理一下，投了一個文學獎，或許純文學獎，或許大眾小說獎，或許最後眞得了獎，或許只得了個屁。也許沒得獎的你滿懷度爛地將稿子裝進信封裡，加上吹牛的自我介紹丟到出版社。或許出了書，或許得到了一封充滿鄙視的退稿信。

那又怎樣？

也許你是從部落格開始寫起，起先只是想儲存照片，但放著網誌功能不用也怪怪的，於是你單純地記錄一天發生的瑣碎事物、或只是寫幾篇看完電影後的感想、或只是想寫一下追不到女生的痛苦。

寫著寫著，某一天，你發現自己很喜歡寫東西，也許還注意到不知道從什麼時候開始，有網友在你的文章底下留言，稱讚你這一篇文章寫得很有感覺。

有了點成就感，累積了一些讀者，你忍不住想東想西……說不定自己擁有寫作的才能？於是你動手整理網誌，分時間、分主題、去蕪存菁，最後到書店裡晃一晃，研究一下哪一間出版社的風格適合你。

像不像這樣？

就是這樣。

這個過程裡，其實你不大需要、甚至也不見得會去問一個作家「如何能成爲一個作家」，自己就會因爲很想去做，進而嘗試了很多努力，並且從這些嘗試的過程中獲得了很多爽感，或挫折。

總而言之，若你對一件事有興趣，自然就會採取「慢慢接近它的方式」，而不是你突然想成就一件事，之後再分析規劃出能夠達成它的種種合理方式。

兩者很像，但有著根本上的不一樣。

也許有很多人可以先定下一個目標：「看九把刀每天都過太爽，shit！我決定也要成爲一個作家！」然後開始研究我如何經營blog（謎！這件事連我自己都不曉得！）研究我是怎麼寫小說（包準你頭昏眼花）、研究要參加哪個作家的私人網聚好建立關係、研究哪一種類型的小說正受到市場歡迎、研究……研究了很多很多，然後定下每個階段需要儲備的能量，再一步一步接近「媽！我終於成爲作家啦！」的願望。

也許，也許眞的有很多人可以這麼理性地辦到這件事。

但無論如何我都覺得那樣好怪，爲什麼不單純一點，將「興趣」點火，用自然而然燒出的火焰去發展自己呢？如果是這一種，即使最後你無法成爲有出版實體書的作家，至少，你對寫作的興趣還是千眞萬確。

你不用「出版暢銷書才算成功」去威脅寫作，寫作，自然也不會用「不出書就不叫作家」來背叛你。

你有什麼東西可以輸？沒啊，自high就算贏了。

我想很多行業的外表看起來都「好得太唬爛」了，導致很多人都無法純粹看待。

很多人只是憧憬站在舞台上唱歌、接受萬人掌聲的感覺，而不是喜歡唱歌——甚至其實也不「擅長」唱歌。當明星很爽，所以很多人很喜歡當明星，喜歡接受採訪，喜歡看到自己美美地出現在報章雜誌上，卻不知道自己想拍什麼樣的電影、適合飾演什麼樣的角色、對劇本沒有想法、覺得專輯要收錄什麼歌就交給經紀人挑就好了，反正他無所謂。

也許殘忍，但大部分會問我如何才能成爲一個作家的人，我想，其實都只是隨便問一下吧？或是，他們誤判了自己內心的想法——他們只是喜歡「當作家」，喜歡去學校演講，喜歡在書架上看到自己出的書，但對創作沒興趣，要不然，一個本來就很喜歡創作的人，怎麼會不知道創作最重要的一件事，莫過於即刻動手創作！

前一陣子寫《殺手》，我爲了寫一個刺青師的角色，於是去買了一些關於刺青的雜誌來翻翻，在其中一本雜誌裡，有個很威的刺青大師說，常常他去各地演講，底下的觀眾都會問：「如何成爲一個刺青師？」

大師微笑：「要從一般的繪畫開始練習起。」

觀眾追問：「那，要如何學會繪畫？」

大師開始不耐：「那就要看你畫什麼，一般都是從基礎素描。」

觀眾再接再厲：「那麼如何學習基礎素描呢？」

大師嘆氣：「……要從挑畫筆開始。」

觀眾鍥而不捨：「那什麼樣的畫筆適合素描的初學者呢？」

大師翻白眼，彷彿遭受重擊。

最後大師痛苦地結論：如果你眞的對刺青很有興趣，本來就該對繪畫有一定的功力，而你爲什麼會對繪畫有功力？當然是你很長時間地練習過繪畫。於是你根本也不會想到要問人怎麼挑畫筆，因爲你會好奇地每一支都拿來畫畫看。

你會成爲一個什麼樣的人，跟你過去的所作所爲，本來就有很強烈的關係。

跟「慾望」不一樣，「願望」不會無端端產生。

其實這個問題：「請問九把刀，如何才能成爲作家？」

在我的心中是有一個眞正的標準答案，那就是：「無論如何，先寫完一個長達八萬字的故事，寫完，你還有同樣的疑問再來問我。」

但我通常不敢這麼直截了當回答發問的讀者，因爲誠實的回答聽起來總是很刺耳，容易被誤以爲我很雞巴。

最後，更不要問這樣的問題：「請問九把刀，如何才能夠成爲像你一樣的作家？」因爲我眞的很雞巴。而這個世界上每個人都是獨一無二的，台灣有一個那麼雞巴的作家已經夠雞巴了，你應該可以成爲另一個獨一無二。

附帶一提。

寫到這裡，有一件事各位應該已經發現了。

那就是我並沒有將方文山所說的話，當作我自己說的話寫出來。

如果你覺得某個人說的話很有道理、很棒、受益匪淺，就更應該給這樣的人一些尊重，不要把上引號、下引號、出處去掉，當作是自己的想法講述出來。

唯有懂得尊重其他創作者，你才算站在創作的起點。

不管你要當什麼，學著不要當混蛋先。

對面跟我賭大老二，一張一塊錢的女孩，似乎還不知道她毫無機會取勝啊!!!

關於死刑是否應該廢除……請參考一下我的違心之論！

2009.06.12

我要先踢爆朱學恒！

幾個月前我跟他兩個大男人去吃飯，他貌似忠良地說，他想辦一個網路辯論，目的是促進網友在議題辯論之間的意見發表（反正就是之類之類聽起來很高尚的目的），最後再經由線上投票產生出結論（反正就是之類之類實驗公共空間的理性討論對結果的影響等聽不太懂的高尚理念），但必須要有個起頭，所以不如找一個議題，他跟我各執辯論的正反雙方，發表議論、產生意見對抗，然後請網友針對我們的言論發表贊成或反對的意見……

最終呢，就由網友投票產生勝負關係。

他說，議題隨便。

我說，那看要不要打死刑存廢，因爲這個議題在學生辯論場上滿經典的（雖然我沒打過，我打過的相關議題是安樂死合法化），而且一般鄉民都會對這個議題有基本的了解、定見，與好奇。以及熱血。

他說，也好啊，問我要打哪個立場。

我說，我贊成死刑啊，幹有些人渣就是死了比活著好。不過！不過我覺得打贊成死刑的立場，基本上一定會贏得網路投票啊，不算公平。

他說，沒關係啊，你就打這個立場啊，我沒差。

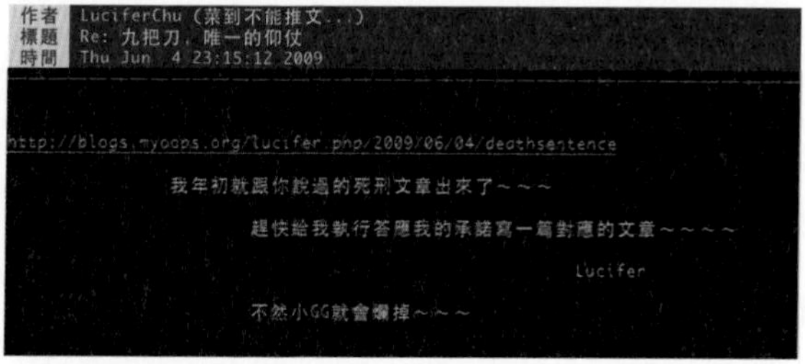

作者 LuciferChu (菜到不能推文...)
標題 Re: 九把刀，唯一的仰仗
時間 Thu Jun 4 23:15:12 2009

http://blogs.myoops.org/lucifer.php/2009/06/04/deathsentence

我年初就跟你說過的死刑文章出來了～～～

趕快給我執行答應我的承諾寫一篇對應的文章～～～～

Lucifer

不然小GG就會爛掉～～～

我說，屁啦我才不想佔這個便宜，馬的我們用抽籤的。

他說，好啊，那到時候再說，他要籌備一下。

嗯嗯，好一個……「到時候再說」！

結果數個月後的某天，我冷不防收到一封信，如上圖（據說朱學恒很喜歡貼別人的信ㄎㄎㄎ）。

嗯嗯，好樣的！

猝不及防，朱學恒竟然洋洋灑灑寫了好長一篇，贊成死刑的文章！

搶著跑去贊成死刑也就算了，真的！也就算了！

重點是，靠竟然沒通知我就給我寫那麼長一篇！然後突然叫我一起戰！

朱學恒談死刑一 http://blogs.myoops.org/lucifer.php/2009/06/04/deathsentence

朱學恒談死刑二 ttp://blogs.myoops.org/lucifer.php/2009/06/11/deathsentence2>

靠咧！誰有時間啊！

我正在寫《殺手五》的屁股啊！

寫完《殺手五》還要寫這一次的《蟬堡》啊！

就算是攻下《殺手五》與《蟬堡》新篇的現在……我也要寫《獵命師傳奇15》啊！

當專業閒人眞不錯吼，每天都可以閒閒上健身房練身體跟去演講豪洨，偶爾寫個網誌假裝自己很忙，完全不知道本人每天都活在不停的戰鬥裡。就在我認眞、誠懇、努力奮鬥面對每一天的每一秒，兢兢業業準備在六月跟七月出版對社會有正面影響的小說時，朱學恒這小人不僅搶了對投票有利的立場，還搶時效用長文偷襲！

沒辦法了，《獵命師》就……後天開始寫好了，男子漢說到就是……盡量做到！

（俗話說：不是盡力！是盡量要做到！）

以下我要開始發表違心之論了，反正他馬的我也不打算打贏這一場嘴砲比賽了雪特。

首先，我想舉一段我的小說《功夫》裡的一段對話當論述的開頭。

「師父說過，你們有你們自己的正義觀，師父絕不勉強你們。」師父席地而坐。

阿義又嘆了口氣，說：「殺人比想像中難。」

師父笑道：「你錯了，殺人一點都不難，難的是：你如何判斷一個人當不當殺？」

也對。

難就難在這裡。

決定一個人該不該殺，是該由人來決定？還是該由神來決定？

人類找不到神來審判，只好搬出法律，讓法律來決定人的生死。

但師父顯然把法律踢到一邊，發展出一套「正義超越法律」的論調。

我看著孤淡的弦月，落寞地說：「師父，雖然你以前說過，警察跟壞人總是一夥的，但是這個世界好警察還是很多的，爲什麼不把壞人抓去警局，讓法律公斷一個人該不該殺？」

「如果這是你的決斷，師父也不能說不。」師父笑了。

師父的笑，有點譏嘲，卻也有些同情。

「師父，你殺人時，難道都沒有一點愧疚？」我問。

我是有些生氣的。

「師父，你殺人時，難道都不會考慮再三？」阿義也問。

師父大笑說：「師父殺人殺得坦坦蕩蕩，絲毫愧疚也無，若說考慮，師父的確是再三思量後才動手的！」

我搬出人性理論，說：「師父，可是被你殺的人，怎麼說也是別人的老公、別人的爸爸啊！」

師父冷然說：「這就是正義所需要的勇氣。」

我開始對師父的答案不滿，又說：「那你把人給殺了，那不就是把他改過遷善的機會給剝奪了！」

師父點點頭，說：「這也是無可奈何的事，所以師父會估量那些混蛋改過的誠意。」

阿義冒出一句：「怎麼估量？難道眞的天天盯著他？」

師父聳聳肩，說：「情節稍微輕的，多觀察幾個月也未嘗不可，畢竟是條人命。」

阿義又問：「那超級大壞蛋呢？他想改過自新怎辦？」

師父自信地笑了笑，說：「當場就殺了他。」

我動了火，說：「爲什麼不把他關起來？關在監獄啊！關個十幾二十年的，總可以關到他洗心革面吧！就跟師父說的一樣，人命就是人命啊！」

師父搖搖頭，說：「眞正的大壞蛋，是無藥可醫的。早早送他回老家，對大家都好。」

我認爲師父完全不可理喻，果然是從野蠻的明朝跑來的古代人類。

我大聲問：「你怎麼知道！那我問你，剛剛我們放過的大胖子，是情節輕的，還是情節重的?!」

師父拉下臉來，鄭重地說：「出手的要是我，半點不猶疑，立刻摘下他的腦袋。」

我也拉下臉，說：「爲什麼不多觀察他兩天？到時再殺不遲！」

師父一掌拍在大佛的腦心，斥聲道：「等他再犯！你知道那代表什麼意思?!在你原宥他的期間，他所傷害的每一個人你都有責任！到時候再去結果他，不嫌太晚麼！」

師父動了怒，我卻只是大叫：「但要是他眞心眞意要改過，你就是錯殺一個好人！」

師父紅著臉，大叫：「我管他以後改不改！我殺他的時候，他是個該殺的壞蛋就夠了！」

我粗著嗓子叫道：「你殺了一個可能改過的壞人！」

師父的聲音更大，喊道：「他沒可能改過！我殺了他，他還改什麼！」

我生氣道：「那是因爲你不讓他改！」

師父抓狂道：「大混蛋根本不會改！」

我大吼：「你不可理喻！」

師父長嘯：「你姑息養奸！」

阿義緊張地大叫：「不要吵了！」

我跟師父瞪著彼此，中間夾著個窘迫的阿義。

「你們兩個都對，也都不對，所以先……先不要吵！」阿義臉上寫滿尷尬。

「我哪裡不對了！」師父瞪著阿義。

阿義臉上一陣青、一陣白，流氓脾性馬上就要發作。

我看著師父，深深嘆了口氣，說道：「師父晚安。」

師父一愣，看著我一躍而下，沒入八卦山的黑密林子裡。

以上這一段論述，說出了兩個觀點的矛盾。

師父說：「我殺他的時候，他是個壞人就夠了！」

淵仔說：「你殺了一個可能改過的壞人！」

這一段話後，不久，選擇放走壞蛋的淵仔，震驚於他所選擇的結果。

——那個大壞蛋繼續作惡，將一個女人給殺害棄屍。

死刑的存在，在我看起來有三個目的。

第一，是積極性的目的。

死刑的存在，是警告試圖作惡的潛在壞蛋，告訴他們作惡的下場可能是死。於是重罪型的犯罪率透過政府實際手段的恐嚇，達到降低的目的。這一點，統計資料我沒找也不想找，可能不見得有眞正的相關。

第二，是出自很消極的目的。

死刑的存在，是確保這個壞人沒有可能再危害社會上的其他好人。除非他是傑森或是佛萊迪，可以一死再死請保安來都沒用，不然死了就是死了，不可能再害人了——這一點雖然消極，但倒是非常確實地消滅了惡人！

第三，是爲了安慰被害人家屬。

這一點尤其重要。

通常我們大力贊成死刑時，心中想的哪裡是「死刑可以降低犯罪率」如此高尚的理由，或是「死刑可以讓壞人少一點」這麼有道德感的理由，而是——你這個禽獸！竟然喪心病狂砍了那個女孩一百多刀！死一百次都不夠！

或……

你這個禽獸！強姦不了一個小女孩，竟還拿樹枝把她的腸子鉤出來，害人家接下來的幾十年都只能吃流質食物！判你一百次死刑都不夠！

我們不是被害人家屬，只是看了新聞，只是道聽塗說，就足夠義憤填膺到希望一個我們素未謀面的惡棍去死他媽的！

沒錯，我們試圖說服另一個人支持死刑時，往往不是站在非常抽象的「社會整體的立場」，而是站在「受害者家屬的立場」，告訴對方，被害人當初是如何如何受到歹徒的欺凌虐待直到無法掙扎，請對方感同身受——如果你是受害者的母親，你每到半夜，想起懷胎十月的孩子，有著大好前程，結果就這麼死在歹徒的欺凌下！你會不會崩潰！你會不會想手刃歹徒！

會！

當你說：「會！」的時候，心中必定燃起一股強烈的正義感。

這股正義感，就是死刑之所以存在的真正防守線。

所以，你靜下來想一想，如果死刑的存在無法降低高危險性的犯罪率，也就是無法眞正帶給這個社會更安全的人身環境，死刑，就只剩下「以眼還眼」的安慰效能，你覺得恰當嗎？

也許，你還是會一股熱血地說：「以眼還眼，本來就是天經地義！」

But！

人生最矛盾的就是這個But！

But死刑的存在基本有幾個矛盾。

矛盾一。

你既然認爲一個人的生命之可貴，可貴到無法被任何人剝奪，於是當有惡人剝奪了另一個人的生命時，國家機器便要給予制裁，以彰顯生命的可貴——結果這個方法竟然是剝奪該罪犯的生命?!

站在這個矛盾上，很多人都該同意，以無法假釋的終生拘禁取代死刑，雖然付出的成本很大（犯人的老病死都需要費用），至少維護了我們崇高的人權價值。

矛盾二。

站在社會責任論，社會有必要也有義務，要帶領社會所有的成員走上常軌，不管是求生技能上的、抑或是人格教育上的，所以社會提供了義務教育，讓我們有受教育的機會，才能與社會接軌。

如果人性本善，今天產生了罪大惡極的惡人，表示社會並沒有給予這個惡人完善的人格教育、或是良好的成長環境、或這個惡人從小就成長在惡劣的家庭（經濟困頓到連學校都不能好好上、一個動不動就性侵子女的爸爸、一個愛喝酒的媽媽、國中就學會吸毒的哥哥）。

在這樣的邏輯底下，這個惡人今天之所以爲惡，全都是因爲「欠缺了變好的機會」。今天社會對這個惡人判處死刑，就等於社會推卸了這樣的責任與義務——反正我將你徹底毀滅了，我就不需要再教育你了！

社會，可以這樣嗎？

人性本善耶！所以這個人一開始可是個好人，只是環境改變了他，那麼，環境不好是誰的錯？社會的錯！是這個社會某個部分生病了，才扭曲了原本善良的他，他可是清清白白誕生在這個世界上的。

就跟《功夫》裡的淵仔說的一樣，你將一個惡人殺了，這個惡人就沒有重新改過的機會了。

如果!社會認爲「教育」對一個人的人格養成是有用的,社會就不能推卸這個責任,應該趁這個惡人在監獄服刑時,密集地對他施以重新改造的教育。

也許這個惡人在以前的人生中無法得到好的教育,沒關係!你人都在監獄了,動也動不了,此時正是重新教育的最好時機。

矛盾三。

如果你認爲人性本惡,也是一樣的邏輯。

正因爲人性本惡,所以社會提供了完善的教育機制,幫助每一個人性本惡的小壞蛋變成一顆又一顆的好蛋,通過人格教育,慢慢矯正我們潛在的壞胚子,所以我們成爲好人後,與社會正常接軌,並不會互相危害。

如果今天某個人作惡了,站在這個論述底下,我們可以說,社會提供的矯正機制失敗了,社會並沒有善盡其責,才讓這個人的惡性留在他的體內。

誰的錯?惡人有錯,但社會難辭其咎!

今天要做的,應該是持續不懈矯正這個人的惡,幫助這個惡人洗心革面,乃至於社會重新接軌,變成社會的一分子……而不是草率地槍斃你的責任!

如果你相信再怎麼邪惡的人都可以變好，只是時間、只是機緣、只是付出的心血的問題，那麼，當一個惡人在被槍斃前一秒，他誠心誠意悔過，希望餘生做個好人，死刑對這個人、甚至對整個社會來說，都是極爲累贅的存在。也許對被害人家屬還有意義，一種基於復仇情節上的意義。

以上。

我只是善盡一個辯方的責任，打完收工。

也許有很多混蛋可以改過自新，也值得這樣的機會。

但我必須說，馬的，有些混蛋之所以是混蛋，不是因爲他欠缺了機會，而是欠揍！欠揍！欠揍！欠揍！欠揍！欠揍！欠揍！欠揍！欠揍！欠揍！欠揍！欠揍！

我的偶像金庸大師寫的《射鵰英雄傳》的最後幾頁，有一段故事寫得極好。引述：

裘千仞臉色慘白，眼見凶多吉少，忽然間情急智生，叫道：「你們憑甚麼殺我？」那書生道：「你作惡多端，人人得而誅之。」裘千仞仰天打個哈哈，說道：「若論動武，你們恃眾欺寡，我獨個兒不是對手。可是說到是非善惡，嘿嘿，裘千仞孤身在此，哪一位生平沒殺過人、沒犯過惡行的，就請上來動手。在下引頸就死，皺一皺眉頭的也不算好漢子。」

一燈大師長嘆一聲，首先退後，盤膝低頭而坐。各人給裘千仞這句話擠兌住了。分別想到自己一生之中所犯的過失。漁樵耕讀四人當年在大理國為大臣時都曾殺過人，雖說是秉公行事，但終不免有所差錯。周伯通與瑛姑對望一眼，想起生平恨事，各自內心有愧。郭靖西征之時戰陣中殺人不少，本就在自恨自咎。黃蓉想起近年來累得父親擔憂，大是不孝，至於欺騙作弄別人之事，更是屈指難數。

裘千仞幾句話將眾人說得啞口無言，心想良機莫失，大踏步向郭靖走去。眼見他側身避讓，裘千仞足上使勁，正要竄出，突然山石後飛出一根竹棒，迎面劈到。

這一棒來得突兀之極，裘千仞左掌飛起，正待翻腕帶往棒端，那知這棒連戳三下，竟在霎時之間分點他胸口三處大穴。裘千仞大驚，但見竹棒來勢如風，擋無可擋，閃無可閃，只得又退回崖邊。山石後一條黑影身隨棒至，站在當地。郭靖黃蓉齊叫：「師父！」正是九指神丐洪七公到了。

裘千仞罵道：「臭叫化，你也來多事，論劍之期還沒到啊。」洪七公道：「我是來鋤奸，誰跟你論劍？」裘千仞道：「好，大英雄大俠士，我是奸徒，你是從來沒做過壞事的大大好人。」洪七公道：「不錯。老叫化一生殺過二百三十一人，這二百三十一人個個都是惡徒，若非貪官污吏、土豪惡霸，就是大奸巨惡、負義薄倖之輩。老叫化貪飲貪食，可是生平從來沒殺過一個好人。裘千仞，你是第二百三十二人！」

寫得眞好。

如果今天我是一個律師，職責之內我必須替一個大混蛋辯論，可以，但爲他開脫罪則後，出了法庭，脫下我的律師袍，我第一件要做的事就是……

拿一把槍親手轟爆這王八蛋的腦袋！

今天被美國來的文學院教授採訪

2009.06.12

今天下午臨時多一個採訪出來，是美國的Central Arkansas 大學的Dr. Maurice ，文學院的院長（的樣子），他想要在他們學校開一門叫台灣文學的課程，所以他特地跑來台灣採訪一些作家，在我之前他也訪問了白先勇跟李昂。

這位老教授當然是全程講英文，可他有請一個台灣人當翻譯，是個超級的氣質大正妹!!!眞的很有氣質，眞的也很正，重點是，我覺得她的翻譯很到味，我覺得簡單就能表達的時候我就自己跟老教授說英文（我覺得是壞習慣，畢竟簡化過的語言少了很多我的完整想法），但我想看著她說話的時候，我就會……講中文ㄎㄎㄎ，然後仔細聽她有沒有把我的話翻譯正確（某些關鍵字一定要翻到啊）。

（我覺得聽台灣人講英文，清晰度比美國人要好？大概是特地講得比較慢吧。）

結果她都翻得很好，整個就是加分！

至於爲甚麼要寫這一篇咧，因爲我想寫以下這一段……

老教授問我，我自己覺得，爲什麼我的小說那麼暢銷，我直接回答：「Lucky.」

老教授笑了，又問了我一些我的讀者大概都是哪個階層與年齡的人，我回答了一下後，老教授又問了重複的問題：「暢銷的關鍵？」

於是我稍微認眞回答了一下，我大概回答了兩分鐘左右吧？（算很長）大抵是我覺得其實有滿多厲害的作家之類之類的，然後我其實也沒特別幹什麼之類之類的……

最後我看向氣質正妹翻譯，說：「好了，妳可以翻了。」

氣質正妹深呼吸，慢慢轉頭，對著老教授說……

「……Luck.」

老教授跟我當場爆笑出來。

吼！

眞的！

翻得很可愛啊！

2009.06.16

百元快速理髮還不錯耶，另外也去看了全智賢的吸血鬼電影

話說最近還滿常一個人跑去看電影的，由於動手在寫《獵命師》了，腦子裡又開始充斥著跑來跑去的吸血鬼，於是前幾天一個人跑去看我很喜歡的全智賢演的「血戰，最後的吸血鬼」，好像在看卡通，電影前半部要比後半部好看個三倍吧，尤其是一開頭的氣氛與處理方式很棒……後面就弱掉了。囧。

合理票價一百元吧。

話說那一天下著傾盆大雨，一個人看電影，雖然還是很享受，不過雨下得太大了，有點覺得自己可憐。

——看電影還是要有正妹陪著才是王道啊！

看完電影後，搭捷運回永和，在頂溪捷運站看到一百元快速理髮店，嗯嗯，我的頭髮滿常剪的，因爲是鬈髮，又濃又密，不剪很容易就變成流氓或蘑菇星人，所以我就抱著「進去

打薄好了」的想法，買了一張號碼牌坐在外面邊等邊寫小說。

大家一定覺得差別不大吼，不過我覺得還ＯＫ啦，有清爽！

有點神奇的是，因爲不洗頭，所以理髮師用類似吸塵器的管子在我頭上吸來吸去，把髮屑給吸走，我摸了一下，嘖嘖，效果還眞不賴！

這是剪髮前

這是剪髮後

2009.06.20

馬祖的戰鬥很不錯啊，結果真的有點感動呢

照片都在相機裡，可是我忘了帶ＳＤ卡的讀卡機，哭哭:~

只能先貢獻剛剛抵達馬祖時，在北竿最高處用手機拍下來的兩張照片，霧很大，還好還是順利著陸了ㄎㄎㄎ。

北竿的芹壁聚落很有特色，老東西給人的感覺總是最直接的。

下午搭船到南竿後，住進了日光民宿，這裡眞的是超棒的啦，我一進去就愛上了我的房間，落地窗超大，視野無敵好。

簡單參觀了一下北海坑道，很涼爽，很壯闊，不過我最大的感想是——人類眞的願意爲了戰爭做

希望能去馬祖住一個禮拜寫小說。

出各式各樣詭異又費工的事情。

晚餐吃依嬤的店，喔喔喔喔喔喔眞的很好吃啊，怎麼會那麼好吃啊，老酒黃魚，紅糟炒飯，不過重點當然是演講，老實說我演講前去尿尿的時候被一堆國中生包圍（一直問我女友是不是超正，吼，廢話，當然馬是很正），心中不禁有點驚，畢竟我「自己覺得」國中生好像比較難接收到我的電波，有點怕等一下講到一半秩序會亂，沒想到演講時秩序眞的是超級的好啊，反應也很好，我也罕見地眞的快講滿了兩個小時（通常我只有一個小時二十分的額度啊），搞得自己也是超高興的。後來的簽書秩序也很好，沒得挑剔。希望馬祖的大家也喜歡我這一次的演講。

自拍其實很寂寞

每一次離開台灣去離島演講，更有一種奇妙的感覺，那就是多虧了大家對我小說的喜歡，我才能夠拿著麥克風，站在講台上說一些ㄎㄎㄎ的話，滿三八的感覺，但我挺珍惜的。

2009.06.26

我在實踐大學劇本課上出的期末考考題，大家閒閒的話不妨來寫一下

題目一。

設想一個特別的方式，一個足以讓世界毀滅的方式。

這個毀滅世界的事件或方法是什麼？創意在哪裡？／世界如何因應這一場重大毀滅事件？／需要哪些職業角色？需要哪些關係角色？／這些角色如何隨故事的進展有所成長？／如果你打算給一個沒有希望的結局，理由何在？／如果你打算給一個逆轉勝的結局，逆轉勝的方法是什麼？／能夠透過這個故事，建立一個什麼樣的主題？

題目二。

如果有一天，你在便利商店買到了一份報紙，拿在捷運上看，越看越不對，赫然發現那是一份五年後「某一天」的報紙，然後呢？

以下提示，但每一個提示不見得需要被作者解釋，或書寫。請利用以下提示製作故事大綱。

來自未來的報紙的來源爲何？／那一份報紙的頭條是什麼？／如何確認報紙的資訊內容的確是來自未來，而非惡作劇？／報紙上哪些內容跟你是有切身關係的？／知道了未來，你會做出什麼樣的改變？／你會想跟其他人分享這一份報紙嗎？／故事的結局？故事的主題？創意在哪？

題目三。

組合不同的新聞事件，構成一個擁有完整起承轉合的故事大綱。

（並非故事接龍，僅需取「元素」自行構成故事即可）

新聞一。一個男子不曉得同居四年的「女友」其實是個男人，隨著婚嫁時間逼近，「女友」只好冒險表白。男友知道事實後，決定一起存錢讓「女友」做變性手術。

新聞二。因聽信坊間傳言，一個女人買凶殺了喝醉的流浪漢，割下他的頭熬湯，想藉此治好女兒的精神病。

新聞三。一個女孩去看電影，出來後赫然發現頭髮被後座的客人剪掉三十公分，當場嚇哭。警方調閱錄影帶，沒有找到可疑的剪髮怪客。

新聞四。一個男生帶女孩去海邊夜遊，遇到了五名惡煞，無端遭到毆打致死，引起社會公憤。五名惡煞七天後落網，製作筆錄時幾乎沒有悔意，其中一名嫌犯甚至只關心女友是否願意等他出獄。

新聞五。一個男人在pub看見一個女孩在台上跳舞，被兩名外國人毛手毛腳，上前英雄救美後，女孩感激請他進包廂喝酒，女孩大醉醒來後卻發現自己躺在賓館，疑似遭到男人性侵。

奧義：「如果怎樣，然後怎樣」

考試的目的在於，我覺得「想故事」很有趣，也覺得寫完這份考卷就知道故事基本的構造，尤其是第一題跟第二題，基本上你可以組織出我問出來的問題，就可以寫出一篇短篇小說了。（所以不是要你回答問題，而是請你在嘗試回答問題的過程中，去理解爲甚麼你需要回答這些問題。）

第三題，組織五個眞實新聞，不是要你運用每一則新聞裡的每一個元素，而是請你把五個新聞都當作參考素材，你可以翻轉某個新聞，更可以只取用某個新聞中的某一個點即可，不用面面俱到，重要的是，還是請你寫出一份完整的故事大綱。（注意！不是請你玩故事接龍！）

比如說，你可以說……

有一個男孩跟著一群狐群狗黨，收到一個母親的古怪請託，要砍掉一個人的腦袋熬湯治病，於是他們跑到海邊埋伏，殺了人之後，男孩被捕，在派出所打電話哭哭啼啼請女友等他出獄。

結果女友說：「好是好啦，不過有件事我一直沒說……其實我是個男的！囧」

以上是最基本，比如還沒解釋需要治病的母親與男主角女主角之間的關係。

請作答！

《殺手五》簽書會感想

2009.06.29

謝謝你們的累，謝謝，真的是謝謝。

我們今天從下午兩點十分開始簽書一直簽到晚上九點四十分才停戰，我能做的不過就是……女孩買的簡便晚餐一口都沒吃，想說如果我吃了就不能算同甘共苦了:~

謝謝你們來簽書會，讓我非常感動，到現在都還在回想一些畫面。

每次簽書會都面臨著「速度」的問題，如果我不畫畫，不寫簽書會的日期，不拍照，不握手……不跟正妹聊天ㄎㄎ，其實我可以簽得非常快、非常有效率。

只是如果全都是那樣，我應該也不會想辦簽書會了。

缺點顯而易見，就是讓大家等得不耐煩，等得腳痠，雖然大家坐在我旁邊看我簽書的時候，嘴巴都會說不在意、沒關係、很開心，但我知道你們是不想我覺得內疚。謝謝你們安慰我的那一份不在意。

這個缺點我大概不會改得很好，老實說，簽書會跟大家講講垃圾話，亂笑，一起照相，讓我也覺得很受鼓勵。

寫小說的時候其實很習慣孤獨，也必須孤獨，high的時候就是發表小說、演講、再來就是簽書會的時候，可是發表小說是很靜態的，單純看著大家的回應，演講是我一個人單向地狂熱，演講結束後的簽書只是一點點小附加，簽書會，眞的就是我直接從大家的掌心吸取「第一手能量」的黃金時刻，當著大家的面，近距離聽著大家說的話，感受著「一直以來我都做了什麼」。

是的，一直有著「九把刀簽好慢」的問題，這是我的自私，我不是一台簽書機，我很享受那種快不起來的感覺。

剛剛簽書會結束，吃過慶功飯，我跟女孩賴在一起。

看著她有點燙燙的臉龐，我從《殺手一》的簽書會傳奇開始說起……

那個時候我還是一個書賣很爛的作家、卻……自以爲是地覺得「自己很強」，《殺手，登峰造極的畫》要在金石堂辦簽書會前，我興致高昂地跟當時的經紀人小炘一起準備《蟬堡》，號稱非常好看，只要參加簽書會買書就可以拿到一份蟬堡——當時還是買幾本就送幾份!!

網路上的讀者雖然搞不懂《蟬堡》是什麼狗屁，但衝著「九把刀說那東西很屌」，網路上漸漸瀰漫著「我們要去簽書會拿蟬堡」的氣氛。

還記得我自己在家附近找影印店印蟬堡，自己折《蟬堡》，自己裝信封，而經紀人小炘也在台北幫我印了《蟬堡》，加買信封，共兩千多塊錢，我的經紀公司還不肯付那筆小錢，覺得這筆錢應該是出版社要付而不是公司出，雖然當時很窮，可沒臉要出版社給，我想都沒想就自己掏腰包付了那筆錢。

到目前為止，《蟬堡》還是一個非常莫名其妙、無人理解的「怪東西」。

殺手簽書會的日子到了，據說台灣金石堂的最高人潮紀錄頂多六十個人（還是長年的紀錄），加上我又是一個超不賣又不帥的作家，所以金石堂在簽書會當天頂多只願意進貨一百五十本《殺手》。

我自己估計應該有兩百多個讀者會到現場，但請店家進貨卻賣不完，好像滿丟臉的？所以我也沒臉說什麼一定賣光光啦請店家加碼。

結果……

簽書會當天來了三百多個讀者，一百五十本書從印刷廠一運到書店，收銀機打開就賣光光了。

買了兩本書的人好心地賣一本給沒買到的人，沒書簽的人走進書店買我的舊書跟在後面排隊，簽過書的人回家扛了一箱我寫過的書排在隊伍之末打算嚇我，金石堂附近所有的便利商店的影印機——全都被印到沒紙！

現場亂玩一通。

從那一天開始，我就覺得自己是一個非常幸運的人。

也是從那一天開始，我從一點半簽書簽到晚上八點。

《蟬堡》的新發展，則是網友CYM在簽書會結束的當天晚上，在網路上發起的「免費贈送蟬堡，但請獲贈的人必須繼續影印給別人」，將《蟬堡》帶到了奇妙的境界。

《蟬堡》只是起源自都市恐怖病系列中《狼嚎》的一個故事預告，殺手系列，是《蟬堡》傳奇的新起點。大家動手傳來傳去的影印版本《蟬堡》，讓《蟬堡》飛到了美國、德國、日本、加拿大、香港、澳洲、英國，甚至是南非。

很扯，也很威。人際關係因爲一個極爲斷裂的古怪故事變得很有張力。

《蟬堡》是我一年一度的全力以赴，一年一度的連載，直逼富姦，這種古怪的一年一度還會持續個幾年。

每次殺手系列的簽書會，人潮都非常驚人，每次都搞得人仰馬翻。

我的讀者漸漸長大，雖然還是看我的小說，但很多已經不會再去簽書會了。

偶爾出現我都非常高興。

於是有很多新的面孔不斷出現，填補失落。

可也很多舊的記憶也不斷「翻新」。

很多自動自發在我身邊幫忙維持秩序的老讀者，面孔也是換了又換。

有的讀者會抱她剛出生的孩子去我的簽書會展寶，有的讀者帶著他的媽媽去看一下到底是誰霸佔了書櫃，有的讀者帶著他找到的女孩向我炫耀這才是眞愛，有的讀者告訴我她新長的智齒弄得她很痛，有的讀者專程去看主持人到底是有多正，有的讀者喜孜孜地告訴我她終於考上了理想的學校，有的讀者會到現場表演才藝，魔術、模仿秀、縮骨功……幹還有單純的耍白痴。

今天有個女讀者說了一段讓我很感動的話。

「簽書會有點疲乏了，所以不會那麼常辦，才會比較多人。」我邊簽邊說。

「可是刀大，我希望你常常辦簽書會。」女孩慢吞吞地說。

「啊？爲什麼？」我詫異。

「因爲這樣我才可以看到我喜歡的人。」女孩幽幽說道。

我仔細問，才知道，原來她跟她喜歡的人都很愛看我的書，也一直都會來簽書會，但她不敢表白，覺得會被討厭，只好祈禱我會一直辦簽書會下去。

那麼可愛，怎麼辦？

故事說完了。

很累的我跟我的女孩說……

我覺得自己是一個幸福，也很幸運的人。

幸福，是因爲跟妳在一起。

幸運，是因爲竟然可以被大家喜歡。

人生起起伏伏，我不可能一直都那麼受歡迎，幸好我是眞的很喜歡寫小說。

女孩眨眨眼，說愛我。

這個眨眼就是今天簽書會的句點了。

今天負責幫大家照相的小黑，也就是當初發起蟬堡贈送回動的讀者CYM，會在這兩天準備好相簿空間，上傳完畢就可以讓大家去抓了。

敬請期待！

2009.07.09

之前在衝獵十五的時候，買了六瓶「純氧隨身瓶」

如題啊，其實一直都想買純氧氣瓶來吸吸看，我是前兩年看新聞得到的啓發，新聞上說，有很多高中生會買氧氣瓶K書，說吸一下就會神清氣爽，續航力無限!!!

新聞還在那邊靠腰說，由於法規不明，於是很多考生不知道可不可以攜帶氧氣進考場，而大考中心也一時沒有決議……

靠，搞得好像在吸毒一樣？我一直想買來試試看，但都忘了。

一直到前一陣子在衝《獵命師15》，又突然想到氧氣瓶很屌的樣子，想說終於找到一個藉口，於是就到網路上買了六瓶氧氣瓶，三瓶是原味的，三瓶是薄荷味的……天啊，氧氣這東西也有在分口味!!!

一瓶好像一百八十塊錢吧，不知道算不算貴，畢竟沒買過，7-11也沒在賣……囧。

我覺得喔，好像……沒什麼感覺耶？

不過可以感覺得到淡淡的薄荷清香，只是……我買十塊錢的青箭口香糖或來粒Air Wave

就可以啦!!!

我舉啞鈴舉到有點喘時，去吸一下氧氣，倒是有一滴滴的感覺，但不曉得是否是安慰作用。

寫《獵命師》寫累了的時候，倒是沒想到要刻意吸氧氣，因爲……因爲我長期禁槍的關係，不靠氧氣也是精力旺盛啊！

結論是有點遺憾。

不過勤儉持家是美德，東西買了還是要用完，爲了全世界，我會再接再厲將剩下的三瓶氧氣給吸完的！

還是？我買錯牌子了？？？

我很容易養。

這個女孩很強，給Blaze作品集的序

2009.07.09

從一個書賣很爛的臭屁作家，到現在大家眼中的暢銷作家，我在出版上受了非常多人的幫助，這些人都是非常厲害的怪物。在他們的鼎力相助下，我不由自主科科科謙虛了起來。

現在這篇序要說的，就是一個怪物與我相遇的故事。

二〇〇五年，我寫作後第五年。

書才剛剛有些起色，我媽媽卻病了。

陪著我媽做化療，我在病床旁廢寢忘食地寫作，期待生命出現轉機。某天下午跟我無關的第一屆奇幻藝術獎插畫類（白虎獎）結果出爐，我上了網站看了許多得獎的作品，打發時間。

當然有很多很棒的作品，但我的眼睛始終移不開一張擁有美妙水藍色、兩個魚族少女坐

在岸邊笑看海的畫。畫很有靈氣，卻又充滿了大器。

看了一下名次，不是首獎？佳作！

我的天，這不是有潛力。

而是——這個嚴重被低估的傢伙，現在就是個高手！

抱著非常害怕被別人捷足先登的惶恐心態，我立刻打了兩通電話，請兩間跟我合作的出版社務必跟作畫的主人聯繫上，將來看看能不能請他幫我畫封面、畫插畫。

後來才知道那個他，原來是個她，叫佳珊。佳珊還有個另一個很有殺氣的名字「Blaze」（猛烈的火焰），跟我的筆名九把刀還眞是有一點搭。後來得知佳珊是我的忠實讀者，表面上她很開心可以跟我合作，但我簡直是超爽的。

佳珊不僅畫功很強，而且擅長布局，畫面的構成有非常豐富的巧思。她喜歡看我的小說，對我的故事有愛，所以畫出來的不管是封面還是插畫，都絕非「應付出版社編輯的需求」，而是充滿了亟欲與我的故事呼應的熱情。

佳珊很強。

而且將越來越強。

因爲佳珊的強，強在她沒有放棄變強的機會。

絕不侷限，她幾乎勇於嘗試所有的類型，隨著永無休止的接案地獄，畫風越來越有延展性，建立起多元的「Blaze氣味」。這種「絕不侷限」的自我挑戰，不可能會有「不斷重複自己」要來得容易「成功」，但……我還是想說：每個人推到上帝前面的籌碼不一樣，將來回收的籌碼也不會一樣。

有一件事，佳珊還不知道。

有些時候，妳不會知道，自己不經意就鼓舞了另一個人。

去年年初我因爲某學生抄襲我的小說得了文學獎還賣乖的雞巴事件，上了報紙頭條，徹底地被污衊讓我覺得很度爛，還有幾個小人逮到機會群起攻之，害我《哈棒傳奇》二寫到一半中斷。幹。那時我連續好幾天都在我阿宅小小的內心世界裡引爆核彈，想將地球舉起來過

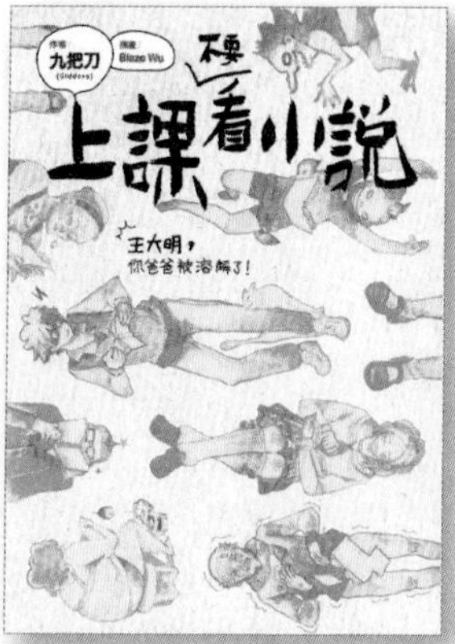

《上課不要看小說》也是佳珊幫我畫的。

肩摔。

我忿忿不平的時間，比大家知道的都還要久，久很多很多。

某一天我在網路上看到佳珊接受一群學生的訪談影片，影片中，佳珊提到幫我畫插畫的經驗。她說，也許有一天看九把刀的小說的熱情會緩下來，但她覺得隨著時間與相處，她發覺眞正更吸引她的是——作家的人格。

我精神一振。

這個精神一振，讓我從心情的谷底坐火箭衝了上去。

每次想到就覺得很有力量。

大概佳珊會覺得我幫她寫序是一個很開心的事。

但，其實我非常高興，有這樣的機會可以表達我對佳珊的感謝。

不是可能。

佳珊的插畫絕對會站上國際舞台。

多年後我會猛然驚覺，原來幫佳珊寫序，是我這輩子做過最猛的事之一！

【關於創作】用力的寫作未必有用力的回饋，反之，則太爽！

2009.07.16

以下要說的感謝，若說是意外的收穫，其實也不盡然。

有些牢騷已經在《殺手，無與倫比的自由》書末的作者訪談講得不少了，但比起我眞正想說的還是不夠。所以我決定用一篇網誌，把我這一年來的「寫作心魔」說得更清楚一點。

寫了五十二本書，要說不知道大家喜歡看什麼類型的故事，那是騙人的。我從「管你去死，老子高興！」一直寫到「喔？原來大家喜歡看這種的啊？」，逐漸摸索出我要如何與這個世界連結的方式。

是的，你沒看錯——就算我神經很大條，我終究知道了怎麼寫會受歡迎。

這些年，一邊寫故事，也會一邊建立屬於我自己關於創作的論述……而這一套創作的論述也不會是僵硬不動的，而是會漸漸隨著我的生命經驗有所成長、或發生改變。有時候是我沉默寫作時不由自主發現的創作理論（當然對有些人來說並不稀奇，但我這個人勝在容易驚訝！），更多時候是我與其他創作者之間發生了某些互動——特別是歧異性的互動時，我發現了「我流的不同」。

我想上一段會有很多人看不懂，所以以下我要進行浩浩蕩蕩的翻譯。

平凡無敵。

海賊王獵人七龍珠灌籃高手第一神拳刃牙伊藤潤二好逑雙物語二十世紀少年鐵達尼號英雄本色笑傲江湖賭神少林足球槍火駭客任務魔鬼終結者變形金剛鋼鐵人阿甘正傳不可能的任務等等都是我最愛的作品收藏。我徹底了解並承認我是一個品味大眾的人，所以寫品味大眾的小說、帶點周星馳氣味的語句是相當合乎邏輯的。

雖然白爛，但我也很沉迷自己寫出來的小說，這一點尤其讓我自嗨很大！

我喜歡寫小說，眾所皆知，原本可以是非常單純的，但隨著我這個非常大眾的人，一直寫著大眾小說，漸漸漸漸漸漸漸發現「哪些類型的小說、或者哪種寫法的小說特別容易擁有市場」後，這件事會漸漸變得不單純。

眞的，不可能單純的。

如果我完全按照「就是來寫我自己喜歡看的小說」這條路不加思索地幹下去，沒意外，每一本統統都會是極度大眾且廣受歡迎的小說，就算被批判「九把刀的小說越來越商業化」，我也沒辦法，因爲我一直覺得……我很羨慕且崇拜《海賊王》，《海賊王》擁有巨大的商業化，卻越畫越令人熱血沸騰，更讓人佩服的是——《海賊王》休刊很少！比起某個常常在幹漫畫家的那一個漫畫家，尾田眞的是人生就是不停的戰鬥的實踐者。

那麼？

尾田榮一郎可以，我也想努力跟上。

然而，創作者通常都流著點反骨的血液。

寫作是興趣，想寫就寫，不想寫就去看電影、看漫畫跟約會，偶爾演講打發時間賺外快，我覺得這樣的人生很快樂。但單純的興趣，竟然讓我累積了很多的很熱血讀者，用力追看著我最新的小說……久了，不禁有點喪志！

你沒看錯，是喪志！

於是我想加一點「挑戰」的性質在這一份單純的興趣裡，看看有沒有辦法來點痛苦跟掙扎之類、甚至是接近自我虐待的……的……說是「鞭策」未免過度自我抬舉，說是「追求突破」又太神聖了，我這麼低賤我不配，但我就是想要讓故事……有所「不一樣」。

於是我寫了《拼命去死》。

一開始我就設定好了結局只用幾頁，自認很酷，然後寫作的中間過程且戰且走，邊寫邊想，不設限。一方面我覺得非常過癮，一方面我覺得壓力非常大！我正在肢解一個故事怪獸，我想幹掉牠，但牠一直甩著尾巴掃擊我的背，還冷眼嘲笑我：「少來了，回去你該去的地方吧。」

眞的是一個很不容易的故事。我創造一個沒有肉體死亡的世界，從幾個「微角色」去看那樣的世界、那樣虛無的人生，卻刻意沒有給答案。因爲不可能有答案，這些答案原本就是希望讀者藉著故事的情境下去自我思索，我給了，也只是我的答案，卻會讓讀者誤認爲我的答案就是小說主題的結論，我不想誤導，所以決意不給。

不可能有答案，另一方面我又刻意不給解決方式，因爲沒有解決方式才有辦法達到我預定的結局。結局很短，如暫時停止呼吸的流星，如我所願。

可怕的是，裡頭除了一位溫柔母親角色之外，其餘每一個短篇的角色，都不算正常，更有極爲變態的角色在裡頭科科科地進行古怪的勾當，這些角色都不可能獲得讀者的正面認同，而這種寫法即使是作者有目的而爲之，讀者也會認定是作者終於失手。

所以寫《拼命去死》的時候，我焦慮的時間、停止敲擊鍵盤的時間、將頭狠狠插進沙發枕頭裡的次數，甚至是看見日出的次數，要遠遠多過於我寫其他小說。我幾乎不講「我很努力寫小說」那樣的屁話，但《拼命去死》眞的是我異常努力寫出來的作品。

寫完《拼命去死》的時候，我恍恍惚惚看到了日出，一個人開車上了八卦山，走在體育場的大跑道上，呼吸充滿陽光的空氣，頓時覺得清爽……天啊，我覺得自己酷呆了，竟然完成了這麼一部不可思議的作品。

絕對的亂七八糟，絕對的無法預測，絕對的——不一樣。

結果？

人生遲早要面對的就是這個結果。

結果《拼命去死》上市後，嗯嗯……對啦，賣得還是很好（如果只說到銷量，似乎我是無法抱怨），但評價不意外很兩極，大概是毀譽各半。

我很喜歡看大家對我的小說的討論，非常非常喜歡，從以前到現在，每次在小說發表過後收割大家的讀後感，絕對給了我很大的動力，跟巨大的快樂。

當然不可能所有的意見都是好的，不論是哪一個故事，都一定會有故事爛透了、寫來騙錢、爛尾之類的讀後感，但很少有像《拼命去死》這樣落差極大的讀後評價，喜歡的很喜歡，覺得未免太屌，度爛的很度爛……或者，度爛的很開心，因爲我終於狠狠失手了！見獵心喜，爭先恐後扔石頭。

……不跟你裝大方，很假。老實說我不知道該抱著什麼樣的心情，去看待「毀」的部分。我深刻知道，這一切都是我努力布局得來的異種故事，既然是異種，得到異種的兩極評價也是理所當然，但我……唉，還是希望自己的努力可以被所有人感受到。

這個世界上畢竟有很多事，不能盡如己意啊！

公平一點來說，我知道，我了解，我明白，有很多創作者都自認非常努力賣命地在耕耘屬於自己的故事，論付出的心血或更實際一點的「花時間」好了，其結果都只換來讀者的一句「啊？我覺得不好看耶！」

對，這是真的！

這才是眞正的公平！

就讀者的眼睛來說，作者在寫一個故事的過程中到底花了多少時間找資料、吸收資料、反芻資料、構想故事、設定角色、組織流程、想有趣對白、製造衝突與高潮、修改結局，幹！都不重要！

只有最後的作品才重要，遞交到讀者手中的作品吸不吸引人，才是一部作品得到好壞評價的唯一標準。主觀，但公平。

然而這種公平即使我透徹明白，也全力認可，但「想來點不一樣」的努力並沒有獲得全面性的「包容」，我覺得很幹！

《拼命去死》誕生一個月後，我開始寫《後青春期的詩》。

《後青春期的詩》我寫得非常隨興，由於題材超拿手，主角跟配角根本就是我跟我朋友的變形，故事發生的背景大方取材自我的人生，字裡行間的白痴幽默又是我日常生活裡的白目模樣，於是，寫作過程中不可能有一絲一毫的困難。

隨時隨地都可以寫。

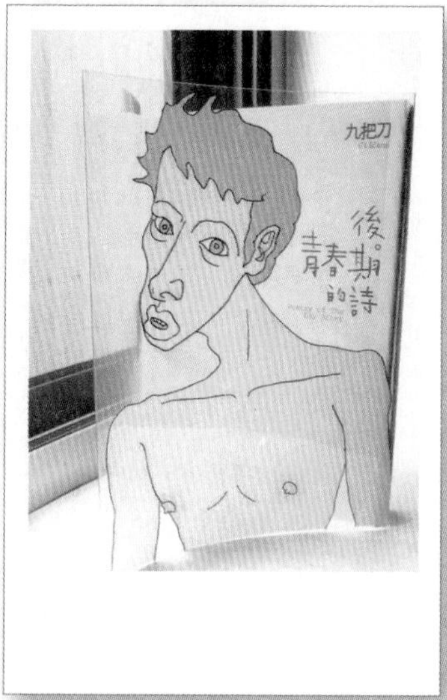

基本上，寫《後青春期的詩》的時候眞的太順了，即使闔起電腦時也不需要像平常一樣，花很多時間在構思故事上（我想故事的時間，要遠遠大過於我實際的寫作），反正只要一打開電腦，隨意插進某一段我就可以寫，對白不需要假裝苦思，信手拈來就是一句超白痴的話。甚至跟我哥去美國玩的時候，我也照樣每天晚上睡覺前寫五千個字，

吼，寫得無比流暢，比烙賽的時候去大便都還要容易！

然後就寫完啦！

寫到最後一章的時候，我甚至還跑去出版社寫，寫完就立刻交稿。

太容易了，行雲流水。

結果大受歡迎！

我超努力爆肝燒腦寫出來的……神形俱滅的《拚命去死》，收割到的評價竟然遠遠不如我科科科寫出來的《後青春期的詩》，叫好又叫座！

當然了，我並不是在靠夭《後青春期的詩》是一篇隨便寫出來的小說，而是說，由於我完全就酷愛青春、且自己也是比佛朗基還超級的熱血男子，兼具了「擅長」與「靈魂」，於是寫起這本書駕輕就熟，不需要努力，只需要很歡樂，就可以自在地將我想表達的東西灌注在作品中。

——而大家，也絕對會被我埋的靈魂炸彈給撞擊到。

一種寫法吃力不討好，一種寫法簡直過太爽，怎辦？

我的答案是，我都想繼續嘗試。

很多時候，用一句「作品是很主觀的」、或一句「見仁見智」就可以打發掉心裡的不爽快，反正精神勝利嘛！我也常常很隨便地無視很多事情，硬著頭皮厚著臉科科科活下去這種技巧我最行了，嘴砲界有誰不認識我刀爺！

但，面對小說的時候，我就不是那種不痛不癢的人啊。

既然我不是能放下的人，就不能學那些大師放下。

結論是，既然《拼命去死》不是失手，那一定是我自己還不夠強，所以才沒有辦法將《拼命去死》寫到讓絕大多數的人都覺得既特別，又非常好看！

不夠強，所以不甘心，於是更不能停下來。我不想把小說創作當作是關在房間裡的自慰，更無法矯情地說我不在乎大家的評論，所以這一份「挑戰」便變得格外有意思。

然後我開始寫《殺手，無與倫比的自由》。

當然我寫得很快樂，也寫了非常久的時間。

故事裡有我很擅長的黑色幽默、古怪熱血、劇情急轉直下、東拉西扯在許多故事之間做出超驚人的連結（包括《罪神》！），卻又充滿我想藉此從令人不屑的角度表達的獨特自由概念。

故事最要緊就是爽，這次的元素這麼多，我果然很爽，寫這一次的《殺手》滿足了我寫故事的種種慾望，又兼具了我一定要放置「主題」進去故事裡的自我要求（算我古板也是）。

但問題是，它還是一個突變種。

很多地方《殺手，無與倫比的自由》的主角一直在跟讀者（也可以說是觀眾，這一本寫得尤其像電影）做意識形態的對抗，一直在背離讀者的期待，一直在逃避故事的經典法則。一個主角老是在跟讀者唱反調的故事，是很危險的，常常我們可以看到受人喜歡的負面角色，如Hydra（都恐），如房東（《樓下的房客》），但這一次的主角，嘖嘖，眞的很……撇開主角，這次我極盡精心布置的結局（我拉了多少巧合與伏筆，去成就倒數第三章的畫面！）還是很有可能被說是爛尾，也很危險。

所以我特別在《殺手五》的後面，簡單說了一下故事的創作概念，囉唆得要命，哈哈，我就是很怕大家不能理解我運籌帷幄的苦心啊！算是我小看了大家解讀故事的能力。

可做了這些，我還是不看好市場反應，也沒太看好大家的評論。

大家嘴巴都很會說：「好故事就是好故事，絕對沒有類型之分」，但現實就擺在那邊，愛情小說就是會賣得非常好，熱血友情的小說也賣得還可以，愛與勇氣賣相也ＯＫ，然而開始沾染灰黑色彩的小說就……主角性格有問題的就更……

「好故事就是好故事，But……」我在寫《獵命師15》的時候，還是常翻著《殺手五》自我沉迷，感嘆：

「But！

人生最雞巴的，就是這個But！」

果然是個But。

這一次我超傻眼的。

《殺手，無與倫比的自由》彷彿預告了下一本《殺手，勢如破竹的勇氣》，每天都以很可怕的氣勢刷新我過去的銷售紀錄，但遠遠更重要的是，我每天google大家的書評（我這兩個禮拜很閒，算是放自己的假，YA！），原來我的擔心是一場娘砲……大家的反應幾乎是一面倒的精彩！好看！高潮迭起！

我真的超級意外！

不過……帥啦！

總算讓我苦心孵出來的畸形外星小孩，看到了很爽朗的風景啊！

哈哈謝謝大家了，這一次不是我讓大家知道好故事就是好故事，沒有類型之分，而是你們用力地提醒了我，好故事眞的就是好故事，沒有類型之分。

我受到你們大家的鼓勵了，眞的眞的。

小說創作的世界很大。

寫得越久，累積的作品越多，卻覺得還沒有寫出來的故事更多更多。

太多東西想寫了，只是不見得有足夠的知識資本、思想程度去接近，只能讓我自己慢慢成長。雖然寫得爽最重要，但我一定會將「自我挑戰」放在我的寫作生命裡，時不時，我會繼續嘗試下去，若我失手請提醒我，若我放了一次漂亮的煙火……嗯嗯，別以爲我是九把刀就不需要喝采了。

其實，我的能量一直來自於大家啊！

我的尼特族女孩

2009.07.26

一個月前，女孩畢業了。

畢業典禮那天我們還吵架，回想起來，她有一點不乖哼哼。

話說今年的景氣很惡劣，很多人跟我一樣，第一次從電視新聞上聽到「無薪假」這個名詞，報紙與雜誌將今年的畢業潮詛咒很大，說二〇〇九恐怕會是歷年大學畢業生最感挫折的一年，有很多原可畢業的大學生選擇暫時不畢業、留在學校繼續唸書，避免一跨出校門，就直接踩在失業的起跑線上。

有天午飯，女孩看著報紙上的詛咒文，突然有點高興地抬起頭：「把比，我覺得好酷喔。」

「怎樣酷？」我接過報紙，隨意看了一下。

「報紙都說，今年的失業率會很高，畢業就是失業耶！」

「這樣酷個屁？」我失笑。

「嘻嘻，這樣以後我就可以跟我的小孩說，想當年，媽媽畢業的時候，台灣正在失業的最高峰呢！」女孩得意洋洋地說：「明明沒什麼，但這樣說好像自己也跟著了不起了呢！」

好白痴，不過好可愛。

仔細一想，女孩的講法也挺有道理的，我的小說文案有一句：「黑暗時代，參見英雄。」似乎也滿符合此刻的時代氛圍。後來有報紙記者打電話問我，有沒有要給今年的畢業生幾句建議，我便舉了女孩的例子說給記者聽，然後附帶了一句我寫在新書作者介紹的話：「不要害怕迷惘。應該害怕的是——除了迷惘，什麼也不做！」

八月份我們要一起去非洲肯亞釣水鬼，順便看動物大遷徙，長達十天。

在那之前女孩都「沒條件」應徵正式的工作，總不能，女孩工作了一個月，就跟老闆說：「嘻嘻，從明天起我要請十天的假！」不能吧？

總之，一切等八月肯亞之旅結束後再找工作，暫時女孩也樂得不用想太多。

前幾天跟女孩到淡水去玩，晚上跟她一起用電腦上ptt，看到一個網路新聞。

國內「尼特族」 攀升至十八．五萬人（新聞網址http://udn.com/NEWS/NATIONAL/NATS3/5034817.shtml）

裡面有一段這麼描述：所謂的尼特族（NEET，Not currently engaged in Employment，Education or Training），是指不升學、不就業、不進修或參加就業輔導的年輕族群，最早起源於英國。英國將族群範圍定爲十六到十八歲；日本則是涵蓋十五到三十四歲。

女孩一邊看，一邊喃喃說道：「不升學，不就業，不進修，也沒參加就業輔導……天啊！原來我是尼特族！天啊天啊！我竟然是尼特族耶！」

我用古怪的表情看著女孩，女孩立刻害羞地亂笑，搖來搖去：「唉呦好丟臉喔，你不可以跟別人說我是尼特族喔！嘻嘻！好害羞喔！沒想到我也有族耶，我是尼特族耶！」

說是丟臉，不過終於找到了「歸屬感」，女孩完全就是用相當興奮的語氣啊！

後來我們開車離開淡水，沿途女孩一直很嗨。

她問：「把比，你是什麼族？」

看著前方，我想都不想：「天才一族。」

她大叫：「不是！你是……SOHO族！」

我也同意：「對啦，我是SOHO族。」

她格格笑了起來：「那我是什麼族？」

我只好接：「比比是尼特族。」

她樂不可支地說：「唉呦！我是尼特族！嘻嘻嘻嘻……」

眞可愛耶女孩，眞期待以後接妳下班的日子……

新聞亂亂選

2009.08.04

科科科，最近偷偷寫的東西暫時無法貼上網，過幾天才可以貼出來歡樂大家一下，所以，現在就用好久沒用的「新聞亂選」來濫竽充數一下！

標題：葉金川請辭獲准　政院：防疫工作不受影響

http://tw.news.yahoo.com/article/url/d/a/090803/1/1o8zo.html

這一篇新聞非常奇妙。

葉金川要辭官去選更大的官，而行政院說，葉金川辭官對防疫沒有影響……

啊？

這不就表示，其實葉金川原本就是個可有可無的廢物嗎？？？？

不過反波波的葉金川一走了之，波波事件會怎麼走下去，很不明朗啊。

標題：男浮屍忽抬頭　「別吵！我在曬太陽」

http://tw.news.yahoo.com/article/url/d/a/090731/8/1o3nh.html

我個人覺得，他游泳的姿勢很有問題。

下次他可以選擇一邊曬太陽一邊看我的書，這樣就不會讓人誤會了。

標題：認了！謝金燕坦承兒子十二歲

http://tw.news.yahoo.com/article/url/d/a/090731/11/1o3if.html

演藝圈的新聞很少嚇到我，因爲那圈子本來就怪怪的。

不過謝金燕有一個十二歲的兒子……哇！

有這麼辣的媽媽，她的兒子在學校一定很罩！

我超愛去香港。

標題：穿不會臭的內褲，好強喔

http://tw.news.yahoo.com/article/url/d/a/090801/78/1o5gw.html

這個新聞讓我想到《哈棒傳奇》的酸內褲篇，有個白痴以爲免洗襪就是不用洗的襪子……嗯嗯，話說《哈棒傳奇》第二部曲，自從某雞巴事件後就暫時停筆了。

希望明年初我夠無聊，無聊到可以把它繼續寫完。

標題：經濟學家研究：高個比矮子快樂

http://tw.news.yahoo.com/article/url/d/a/090803/4/1o8fu.html

身爲一個矮子，我必須說……

男人比的不是身高，而是，比誰手牽著的女孩比較正啊!!

從約四年前開始，在「比妹」的殘酷競賽中，我

就未曾落敗啊！

標題：天熱乳量減　鮮乳大缺貨

http://tw.news.yahoo.com/article/url/d/a/090803/11/1o9a8.html

有……有沒有正在餵奶的新媽媽可以告訴大家一下，天氣熱……

對人類是不是也有同樣的影響啊？？？

不過本日最強新聞，當然是這一個。

標題：自慰馬拉松世界大賽冠軍！佐藤政信創9小時58分鐘新紀錄

http://www.nownews.com/2009/08/03/350-2486684.htm

這是一個千真萬確的強悍新聞，也是場令人敬佩的比賽。

我在演講時非常偶爾才會提到一次的手槍王事件，其人就是這個大賽的冠軍，看來這一屆他是敗給了那個日本人了。日本不愧是一個亂七八糟的國家，這種比賽一旦被他們發現，冠軍很可能要等很久才會輪到其他的國家啊。

想一想，既然是自慰比賽，爲什麼這個一定可以奪牌爭光的國際比賽，我們的政府竟然沒有派官員參加呢？沒經費？不可能吧，有品運動不是有十二億可以亂花嗎？

話說邀請我去演講的學校很多都是高中，那種有很多老師盯著的場合我沒辦法講手槍王，但大學呢……如果演講一開始就有觀眾要求要聽手槍王的傳奇，我很樂意清出二十分鐘專門讓大家笑到包皮破掉啊。

2009.08.04

這個就很嚴重了

昨晚我在亂選新聞事件鬼扯時，意外發現這兩個新聞事件之間的恐怖關聯。

比起那些狗屁倒灶的東西，這兩個目前還沒什麼人答理的新聞就很嚴重了！

http://tw.news.yahoo.com/article/url/d/a/090729/17/1nyhn.html

簡單說，就是瑪雅古文明預言人類將在二〇一二年冬至毀滅。

啊？

從小到大聽過很多奇奇怪怪的預言，大洪水、隕石、上帝密碼、恐怖大魔王之類的，也很愛看這些關於世界末日的預言書。但其實我沒有一次當眞。

並不是覺得世界末日是假的，而是，我很清楚就算世界末日眞的發生，我也拿它沒皮條，既然如此……那我就拭目以待，看看哪一個預言是眞的。

然後這一個新聞，讓我嚇了一大跳。

二〇一二太陽風暴　美國將首先面對九十秒的災難衝擊

http://tw.news.yahoo.com/article/url/d/a/090729/17/1nyhj.html

九十秒太陽風暴？（聽起來太陽生氣了？？）

大量的等離子體高能量粒子？（全部聽不懂！）

太陽黑子高峰期？（太陽高潮了？？）

好多很猛的名詞加起來，感覺煞有其事，如果人類真的要在二〇一二年被大怒了的太陽給幹掉，好像還滿科學的？

很想代言口香糖。

比起那些沒有根據的迷信，這個預言科學得很讓人不安啊！尤其剛剛好吻合瑪雅世界末日預言的時間點，超毛的……

如果二〇一二年真的是無人倖存的世界末日，大家想在那之前有什麼想法？？

我的話啊……

嗯嗯……嗯嗯……

本日我最賽

2009.08.06

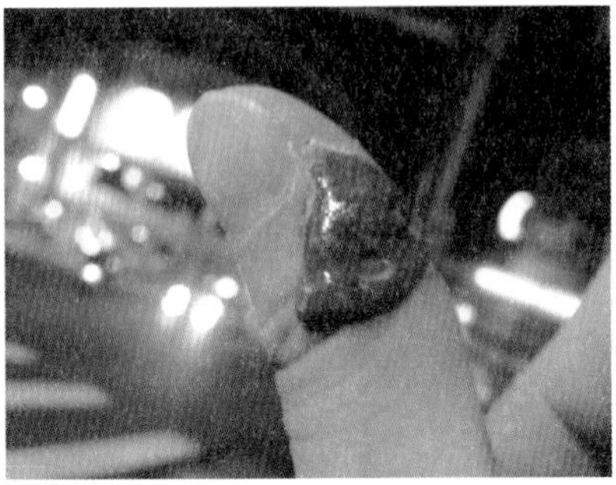
聞起來其實沒什麼臭味。

剛剛慢跑完，騎機車回家，在路上突然感覺到一團熱熱黏黏的東西啪地「撞」上了我的右手大拇指。

仔細一看……是新鮮熱辣的鳥大便！

啊啊啊今天的我果然過得很賽啊……囧

你們都叫我去買樂透，好啊……很好啊……很會出主意嘛……

2009.08.08

結論：鳥大便就是賽，很賽的意思就是不會中樂透謝謝。
結論二：兩百五十塊錢可以買五杯咖啡回家了說。

2009.08.10

有沒有值得信賴的捐款管道????

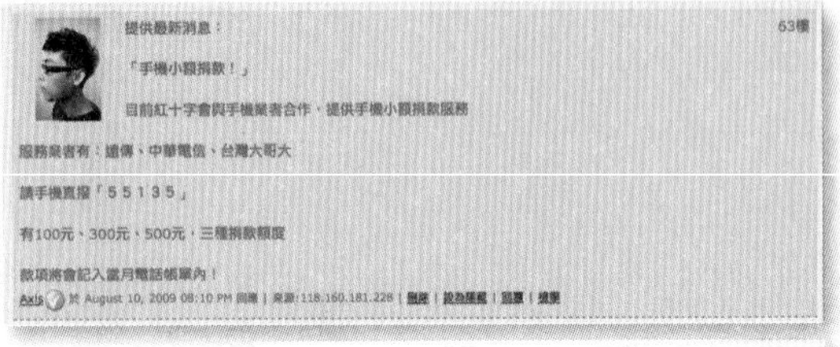

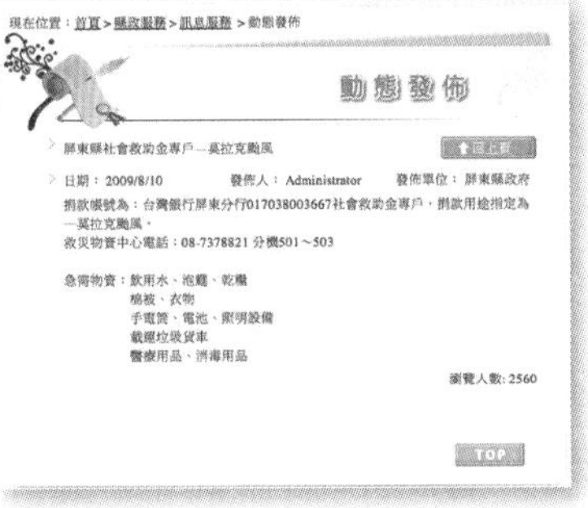

南台灣危急之刻，我覺得現在最缺乏的很可能是實際投入救援的人力，但我知道有機會看到我的網誌的人大概都不屬於可以直接用肉身衝進災區救援的人員，然而還是有很多物資是我們可以提供救助的。剛剛得知這個匯集很多救災資訊的網頁，希望大家可以認真參考一下，看看自己能夠提供什麼樣的協助。

莫拉克颱風緊急救助，物資整理網站

http://docs.google.com/View?id=ajhznjpgkgt4_44fcqgg2hs

（PTT Emergency 網頁版，此網頁已於九月十五日停止更新）

我昨天才從彰化搭車到台北，比起風大雨大的中南部，此刻正在台北敦南誠品吹冷氣上網的我，在台北的大街小巷裡感受到的氛圍，其實非常無法與南台灣災區的絕望連結在一起，這種反差其實滿恐怖的。

我的想法是，既然有很多人在喬物資了，自認爲鞭長莫及的人，幹那就直接捐錢吧！災後重建的時候，災民不僅需要物資，也需要更實在的救助金吧，如果我們能挹注金錢資源到當地政府的社會局，應該也是不小的幫忙。（比起相信中央政府的龜速效率，我寧願相信地方政府。別讓我們失望啊官員！）

說眞的，只會對著電視畫面說慘說好可憐、或對著網路新聞流淚祈禱，是沒屁用的，什麼集氣都是唬爛的，提供幫助才是眞的！

等一下我去捐兩萬塊錢先，明天補三萬，大家跟著上！

2009.08.11

台灣正要不停的戰鬥，讓我們一起並肩作戰吧！

其實自己捐出去的錢不多，但捐出去之前總會想很多，是不是自己這一筆錢眞的可以發揮作用？

由於我實在不信任政府的效率，所以……

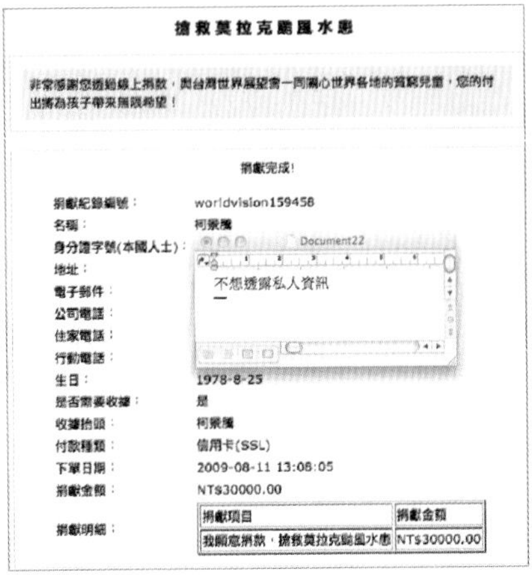

搶救莫拉克颱風水患

非常感謝您透過線上捐款，與台灣世界展望會一同關心世界各地的貧窮兒童，您的付出將為孩子帶來無限希望！

捐獻完成！

捐獻紀錄編號：	worldvision159458
名稱：	柯景騰
身分證字號(本國人士)：	不想透露私人資訊
地址：	
電子郵件：	
公司電話：	
住家電話：	
行動電話：	
生日：	1978-8-25
是否需要收據：	是
收據抬頭：	柯景騰
付款種類：	信用卡(SSL)
下單日期：	2009-08-11 13:08:05
捐獻金額：	NT$30000.00

捐獻明細	捐獻項目	捐獻金額
	我願意捐款，搶救莫拉克颱風水患	NT$30000.00

我很信任世界展望會，也一直每月固定維持捐款，這次也就先捐了三萬塊過去。

讓大家參考我自己的思維，我覺得台灣一向很有愛，愛超強，現在民眾提供的種種物資似乎很強大了（據說物資大爆炸，但非常缺乏實際幫忙運送物資的壯丁與車輛，就是你！上！），而紅十字會的急難救助金，我想還滿實惠的，可以讓災民自己理性決定如何運用，所以先捐了一萬塊到急難救助金的項目。

我原本要另外捐一萬給紅十字會的災後重建項目，但我想，政府動作很慢，所以烏龜一樣的政府至少可以幫到災後重建吧？（可以吧？可以吧！）

於是我又重複捐了一次一萬塊錢給急難救助的項目。很白痴。

繼續提供捐物資與捐款的資訊網頁，如下：

PTT Emergency 網頁版（九月十五日起停止更新）http://sites.google.com/site/emergencyptt/

網頁非常詳盡，大家務必參考，幫助資源妥善分配！

（請注意所需物資的類別！）

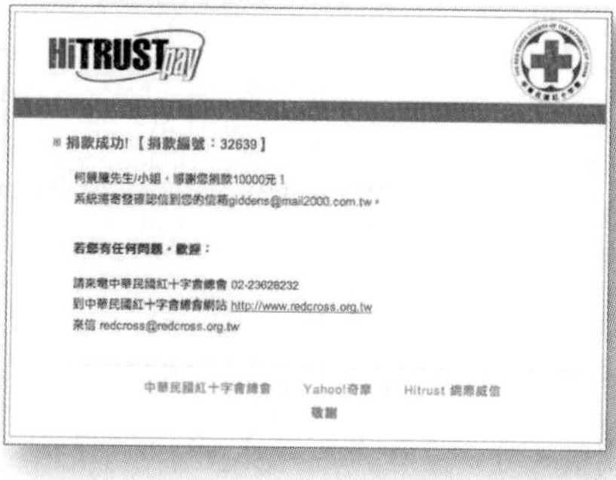

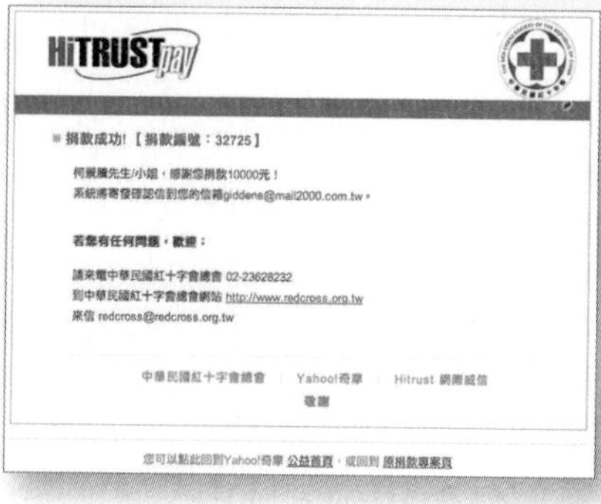

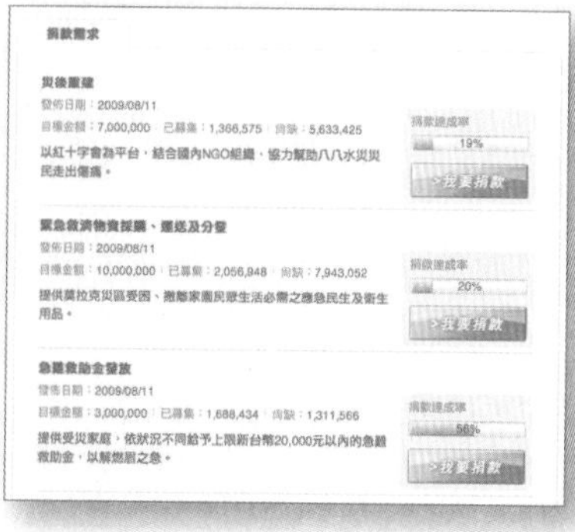

一直以來受了很多人的幫助，現在，有能力幫助別人是一件很幸福的事，我在吳念眞演講時，聽到的一句話：「所謂眞正的知識分子，是自己的知識貢獻給知識比他低的人，而不是反過來利用知識，去掠奪知識比他不足的人。」*這句話加以延伸，很能體現現在南台灣災區與我們之間的連結，是的，此時是我們一起貢獻的時候。

台灣加油。

*請參見《人生就是不停的戰鬥》〈知識分子的典型〉一文。

好吧，這件事說起來還滿蠢的……

2009.08.12

話說前幾個禮拜我去香港澳門簽書時，有一個香港讀者（對不起我忘了是哪一位了，是G奶嗎？）送給我兩盒餅乾，是我很喜歡吃的巧克力餅乾棒跟草莓餅乾棒，長這個樣子，但

外盒長這樣

那兩天我回飯店前肯定都把自己吃得很飽很飽，所以也沒吃，於是我巴巴地將餅乾塞進快要爆炸的背包裡，帶回台灣。

回台灣後我整理大家送給我的東西，順手將餅乾冰進冰箱（這樣吃比較好吃喔！），有點期待。

前幾天我晚上肚子餓了，想說……冰箱裡有餅乾啊，應該不必再買東西回家了，所以只在樓下的便利商店買了一罐冰啤酒（配餅乾吃很愜意啊）便上樓。

當我興致勃勃打開冰箱，想了想，其實我比較喜歡吃巧克力，好吃的東西要留在後面，先解決草莓的

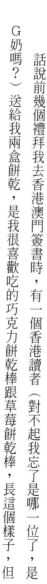

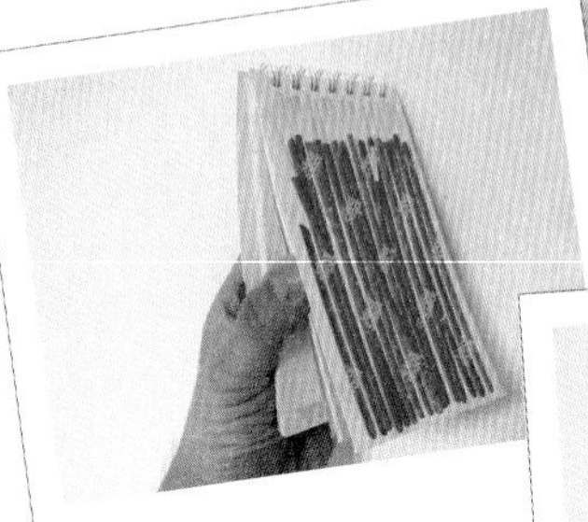

竟然是筆記本！

……

吧！

於是我拿出冰冰的草莓餅乾條，打開冰啤酒，蹺起二郎腿，拆開餅乾包裝要吃的時候……

這……什麼鬼啊！

害我只有喝啤酒，像個酒鬼（哭）。

其實我很懶惰的。

那一包巧克力筆記本我還冰在冰箱裡……

話說，雖然是依照自去年以來的計畫，但還是有點內疚……我明天要去非洲肯亞辦簽書會了，希望台灣的一切漸漸好轉。

從來沒那麼愛停紅綠燈，Fiesta給我的快樂約會

2009.08.26

首先，我覺得眞是太扯了。

很多男生都很喜歡翻汽車雜誌，我也不例外。

以前我常常在汽車雜誌上看到有人拍路邊停放的未上市新車，投稿給雜誌社賺取間諜費，每張好像是三千塊還是一千塊？那些新車車子身上貼滿了黑色膠布，搞得很神祕，又醜，我每每覺得很奇怪，直到……

直到一台貼滿黑色膠帶的藍色福特Fiesta試開車，堂堂出現在我面前！

這該怎麼說好呢？

我很愛開車，如果不用趕場，任何一個地方的演講我都會自己開車過去，很悠閒。一個人開車去台南、高雄甚至屏東演講都是家常便飯，一邊開車一邊喝冰咖啡，每次心情都超好。有時加上女孩坐在副座，演講之旅就變成甜蜜的約會。

但我在台北租屋，卻幾乎不在台北開車。

在我的認知裡，台北的交通比其他城市要複雜，路上最多車，也最擠，而且車位最難

黑色膠帶是重點

找！更重要的是，我是個很依賴ＧＰＳ的人，而我在台北用ＧＰＳ曾鬼打牆到毀掉過我一次重要的約會，現在回想起來還是想撞牆。

所以我上台北，都是搭高鐵。車子有時寧願就放在台中高鐵的停車場。

反正台北大眾交通系統很方便，捷運、公車、計程車大概都到得了任何地方，頂多爲了時時刻刻都可以喝到美味到令人想哭的世界永和豆漿，我買了一台機車。

這次突然有一台Fiesta要給我開，我超級興奮的，拿車前好幾天，我就一直在plurk跟ＢＢＳ我的個人板上預告我即將拿到一台超大的玩具，但礙於保密條款，我忍得很苦，只能任憑大家亂猜……還有人猜是情趣人形！

當然了，身爲一個完美的路痴，爲了避免到時候瞎開，我特別拔走我自己車子上的ＧＰＳ到台北，一從廠商那裡拿到Fiesta，我就立刻裝上。

車子是天藍色的，是我非常喜歡的顏色。當初我買自己的車子時，也認眞考慮過這種讓人心情好的選色。但考慮到我其實是一個穩重誠懇的人，最後還是選了低調的灰色（謎之聲：放屁！）。

車牌很屌，寫了個「試」字。

重點來了，車身更是酷得天崩地裂，黑色的膠帶貼得到處都是！超高調！

在街上開BENZ？開BMW？都不及一台貼滿黑色膠帶的試開車啦！！

超開心的試駕經驗

正妹是王道，我玩到新車做的第一件事，當然就是約會啦！

第一站，女孩的家。

第二站，大直美麗華——我買了兩張午夜場的IMAX廳，要看「哈利波特」。

由於是新車，尤其又不是我的新車，我開得很小心，小心到簡直是孬種，所以我對Fiesta性能的第一印象僅僅是平順而已，油門不敢重踩，沿路也沒什麼厲害的過彎，一般般開。

在拿車前，我就有個自覺——這一台車是稀有

很怕被偷

的「試字車」，容易引人側目，晚上一定要停在停車場，不能停在路邊的車格，避免被偷，更避免被無聊人士玩刮刮樂。

可電影是午夜場嘛，晚上十二點多美麗華的地下停車場已不給進，我只好將車子停在路邊，離開的時候心裡眞的滿忐忑的，很怕電影看完出來整台車就不見了。（哈利波特6之鄧不利多翹毛之卷）

幸好出來時還在！

這種「怕車被幹要賠廠商」的忐忑心情，就是未來幾天我內心世界的寫照。

這車不能隨便停在路邊，又不可能去租月租用的車位「省錢」，解決之道當然就是找個可靠的停車場，不停輸入鈔票跟硬幣。

我住在永和，車子後來就常停在永和四號公園的地下停車場，那幾天不意外花了我很多錢！雖然這麼說有點矯情，不過花得很值得。

美麗華IMAX之旅後，就是小巨蛋小約會之旅囉。

女孩很喜歡看表演，她一直很期待看「歌劇魅影」很久了，但那時我忙著殺《獵命師15》，忘了這件重要的事。

幸好，我說過了一百次：「無害善人會健康！」一點不假。

前一陣子我幫萬寶龍鋼筆拍了一個非常簡短的小影片，萬寶龍送了我一支原子筆，以及……兩張「歌劇魅影」的票！

這個連我都大感意外的小驚喜，我也隱瞞著女孩，只告訴她：「這個禮拜天我要給妳一個小驚喜，記得把整天都留給我啊！」於是女孩喜孜孜期待又期待。

再忙也要約會

結果到了禮拜天，Fiesta一開到南京東路，滿街都是「歌劇魅影」的旗海，女孩非常開心。雖然是借花獻佛，但女孩還是覺得我好愛她。真好。

「歌劇魅影」很好看，萬寶龍送的位子很棒，就正好在音控師跟攝影師的後面，可以讓我一邊看表演，一邊看後製，很妙的感覺。

不過大幸中仍有不幸。

不幸之一，可惜……女主角太老!!!（對不起啊，我

大便是我的強項

就是這麼淺啊。）

不幸之二，就是看到一半時我烙賽了！

台上的男女主角越唱越飆高音，他們唱得越high，我就越想大便，我的小菊花眞的眞的收縮得好劇烈啊，烙賽到高點，全身冒冷汗，用力握住女孩的手，女孩還以爲我很愛她，但當時我眞的好怕啊！

我好害怕滿腔熱血的大便會因爲找不到出口，逆向大爆發，沿著大腸衝回小腸，逆著小腸衝進胃，然後趁我跟女孩偷親親的時候，十萬大便軍從胃裡湧射向女孩的嘴！那我不就成了第一個用嘴糞毀了約會的熱血男子漢嗎！

中場休息時，我艱辛地向女孩委婉地說：「對不起，我要去大便。」

我瞪大雙眼，縮緊，縮緊，縮緊，衝向廁所，總算解除了一場危機。

原本「歌劇魅影」之行結束後，我打算載女孩回彰化，一邊開，一邊玩，反正《殺手，無與倫比的自由》跟《獵命師傳奇15》都殺青，暫時我可以徹底放空一段時間，沒有特別要做什麼。

但大完便後，我整個人也冷靜多了。

依法，試用車不能上高速公路，只能走省道，走濱海公路，但這種路線好像真的太累了，重點是我用龜速開車回彰化後，幾乎又得立刻龜速開回台北還廠商，想了想，我用手指隨便在ＧＰＳ上亂按，尋找台北的景點。

「那，我們去貓空看夜景吧？」我眉頭一皺。

「我都好。」女孩嘻嘻：「真的喔，我都可以。」

就是啊，最近女孩跟我在流行甜蜜，所以到哪裡都很開心。

開車上貓空時，我已沒有小心翼翼的緊張感。

我開始放寬心，慢慢感受到Fiesta的爬坡勁道。

整體而言Fiesta很不錯，一般路況時，過彎超順的，很輕快，不知不覺就很有帥感。但遇到突然升高很多的陡坡時，油門大概需要約兩秒的反應時間，才能蓄飽動力往上攻。重點是不會攻不上去!!

其實操控之類的東西我就不多寫了，任何一個開車專家都寫得比我好，所以我只想用一句：「很好開耶！」矇混過去，科科科。

好玩的是，Fiesta有「聲控功能」，可以用人聲語音操作ＣＤ跟廣播，我當然要試試看。在上一篇「NOKIA N97」篇已說過了很多次，我這種偏激型人格是絕不看說明書的，

貓空的夜景

所以我一直按聲控，一直跟它玩，看看怎麼樣才會成功。

舉例來說。

「CD！」我大聲。

「……」聲控不會反應。

「CD Player！」我又試。

這樣才行。

女孩跟我輪流玩著聲控，看看誰可以成功，氣氛很歡樂，一下子就上了山。

貓空的夜景還不錯啦，一大片黑黑的，又一點一點亮亮的，嗯嗯，嘖嘖，但女孩太美了，所以我看夜景時都是隨便看一下，大部分的時間都在看女孩的眼睛。

這麼美的東西看久了，當然會看到獸性大發，於是我們找了一間山徑旁的餐廳吃快炒，吃著吃著，一不小心就點了太多。

點太多東西吃，眞的是兩人約會的大毛病。餓到發狂的時候我都會誤判自己可以吃的東西很多很多，但一看到上菜，每一盤都很雄偉，後悔已來不及。東西難吃還好解決，問題是，都很好吃！

冒著變肥的危險，吃光了八成的菜，便一路看夜景兼打嗝，回到永和。

我還有三天可以自由使用Fiesta，每一天都很珍貴。

尤其我知道另一個試開Fiesta的人是一位女設計師，要是我開的里程數輸給了她，那不就很丟臉嘛！不！我不能接受！所以我每天都要開車去玩！

感覺真時尚啊！

第二天，我在網路上的plurk問大家，有車開的話，台北縣市可以去哪裡約會。

參酌了網友即時的意見，我將ＧＰＳ設定在陽明山竹子湖，中午過後慵懶出發。

開了快一個小時，終於到了竹子湖。

可是我張望了半天，別說竹子湖了，我連一個普通的池塘都沒看到，後來才知道，竹子湖只是個地名，囧。

吃東西無論如何都是重點，在山裡吃熱騰騰炒出來的山菜（又點太多！），飯後加上一杯……略嫌粗製濫造的冰咖啡，走一走消化一下，眞的是很棒。

陽明山眞的是一個開車起來心曠神怡的好地方，空氣好，大部分時間車窗都搖下來，看到漂亮的風景就停下來親親抱抱。

要不是我遇到了那一個很雞巴的勒索大叔打擾我愉快的約會（請參考我的NOKIA測試報告，這一台車，我眞的不敢開快），陽明山之旅，我會給更更高分。

晚餐前，我們依著GPS大神的指示，來到了馬槽花藝村泡溫泉。

我第一次來，土包子，原以爲馬槽花藝村是一個又新又貴的溫泉渡假村，沒想到是一個很古老的溫泉旅社，雙人房房間一個晚上只要一千兩百塊，沒有冷氣。另外有四人房，一個晚上一千六百塊，才有冷氣，但兩個人去住四人房，感覺頗爲靈異，於是拒絕。

古色古香的雙人房，沒冷氣，但山裡陰風陣陣，自有一股令人不寒而慄的涼沁（國文老師聲色俱厲：請九把刀注意自己的言行，不要亂用成語！），當晚我將房間裡的抽風機打開，過了二十幾分鐘就很涼快。

女孩跟我分別去洗男女有別的大眾池。

我很喜歡馬槽花藝村的大眾池，扣掉一堆老男人在那裡蹓鳥的畫面，舉目望去，便是大自然的山景，感覺格外悠閒自在。

後來我拿了好幾張大眾池的折價券，好像泡一次只要五十元。天啊，五十元耶！未免也太便宜了吧？以後我將自己的車開上台北，也想帶我的家人過去泡。

泡湯後，身體變得很放鬆，肚子也比平常還要餓。

跟女孩一起在溫泉旅社裡的大廳吃東西（又點太多！），覺得很幸福。

第二天退房前，我又忍不住去泡了一次大眾池。白天的大眾池風景更棒了。

她很黏我哼哼

很鄉民的tone

下陽明山，走陽金公路，我眞愛這一個路段。有好陽光，有好空氣，沒有什麼紅綠燈，沒有太多車，能要求什麼？我甚至還有一個好美的女孩坐在旁邊。

車子很順，要小心不要超速，女孩坐在一旁，嘴巴流口水地睡著了。

送女孩回家後，就得執行一些比較像大人的任務。

拍拍Fiesta的宣傳照，說說這兩天試開Fiesta的感想，這些商業合作的任務耗時有點久，讓我流了很多汗。也種下了可怕的悲劇！

這個悲劇就是……我的該邊越來越癢……越來越癢……

回家後，脫下內褲，我整個大驚。

我親愛的該邊，竟然整個紅腫了起來，分毫不差，是溼疹!!!

回想起來，中午我剛洗完溫泉，退房時間已極度逼近，當時我全身還冒著汗，胡亂擦一擦就穿衣服，硫磺溫泉水黏在身上我其實也沒擦（我喜歡那個氣味），就這樣開車走人。然後又在大太陽底下拍我跟車子的互動，拍了許久，我還是一直流汗，流到了後來，汗混著沒擦乾的溫泉水，竟重傷了我至爲重要的該邊！

我很傷心！

爲什麼！

這一點也不公平！

男生在當兵的時候，每天流大量的汗，穿著絕對沒可能洗乾淨的內褲，一個禮拜兩個禮拜過後，才有可能害該邊溼疹。

爲什麼！

爲什麼只一天，我的該邊就崩潰了！

看著只折騰一天便嚴重溼疹的該邊，我含淚剪短了我的指甲，免得太癢了抓傷。然後展開了在室內絕對不穿褲子，徹底通風的自我療癒。

我喜歡沒屁股的車

不只通風，我還將電風扇固定角度，直接密集地吹我的小鳥。

「答應我，你會好起來。」我深情地看著紅紅的該邊。

雖然這一段跟Fiesta沒什麼關係，廠商也絕對不喜歡Fiesta跟我的溼疹扯上任何關係，不過！我知道大家都很關心我溼疹的該邊，所以我決定繼續寫下去。

靠著溫柔的通風，靠著每天都穿著運動短褲出門，靠著每天換三條免洗內褲，我沒有擦任何藥膏，就讓我的該邊在去香港簽書會之前，慢慢地好了起來。

我很欣慰。

不過我一想到八月中我要去非洲，如果在有夠熱的非洲，溼疹復發，一定生不如死，我覺得……還是找一條軟膏抹一下我的該邊，徹底治療一下比較妥當？

於是大前天中午，我去了永和租屋附近的連鎖藥局（我家也是藥局，但我等不及回彰化）。

我一進去，冷氣撲面，就看到兩個女店員正在聊天。

我幫廠商畫的↑

「請問要什麼？」女店員轉頭。

「我要買治療溼疹的軟膏。」我很鎮定，一臉就是幫朋友買的表情。

「喔，溼疹。」女店員開始找藥。

這時，另一個女店員大聲說道：「九把刀！」

我虎軀一震。

「嗯。」我艱辛地一笑。

「九把刀！」那個女店員很驚喜：「我有看你的網誌，你現在住在永和喔。」

「對啊，我住附近。」我笑笑，冷汗開始飆。

「你就是九把刀喔，我最近在看你的愛情兩好三壞耶，看到一半。」第一個女店員一邊笑，一邊拿出兩條軟膏，說：「這兩條都是治溼疹的。」

「喔。」我非常冷靜，看著那兩條軟膏：「那哪一條比較強？」

「……強？」女店員想了想，指著其中一條：「我覺得這一條比較好。」

「好，那就這一條。」我想快走，拿出鈔票：「多少錢？」

「兩百塊。」

「九把刀！我們學校校刊社訪問過你耶！」另一個女店員鍥而不捨。

「眞的喔，哪一間學校？」我笑笑。

「衛理啊！」

「喔喔喔喔，就是很有錢、很多正妹的那一間！」

「哇！」

一陣鬼扯後，另一個女店員回歸正題，用同情的眼神提醒我：「九把刀，這個藥膏一天至少要擦兩次。」

淡水的夕陽好美呀！不過女孩更美……

「擦兩次？」我的臉上，寫著「好的，我會轉告他的」的表情。

「因爲你會一直流汗，藥會不見，洗澡也不見得洗對方式，所以藥膏要一直擦。患部好了以後，還要連續擦兩個禮拜，才會痊癒。」女店員，用了「你」這個關鍵字。

「嗯嗯。」我的眼睛閃耀著立刻就想逃跑的光芒，付了錢，便快車離去。

我覺得，幾乎要好了。

不過我會乖乖繼續擦的，畢竟……軟膏好大一條啊！

最後一天，我們開車去了淡水。
趕上了淡水碼頭的夕陽，很美。很美。
女孩偎著夕陽的這個笑容，是她的來電大頭貼。
雖然幫她拍照的那一瞬間，我的該邊，在癢。

雖然偶爾也會想換女朋友，不過……算了哈哈！！

終於到了最後一段啦！
我不想多說一些假專業的話。
總之車子很好開，我很喜歡，也覺得開「試用車」很酷，眞的很酷！
這輩子我沒有這麼喜歡停紅綠燈。
每次貼滿黑色膠帶的Fiesta慢慢停下，我總可以感受到旁邊的人用異樣的眼神打量著Fiesta，有的人偷看，有的人乾脆就在我的車屁股後跟了一陣子車，想看個仔細。
虛榮感一百分！

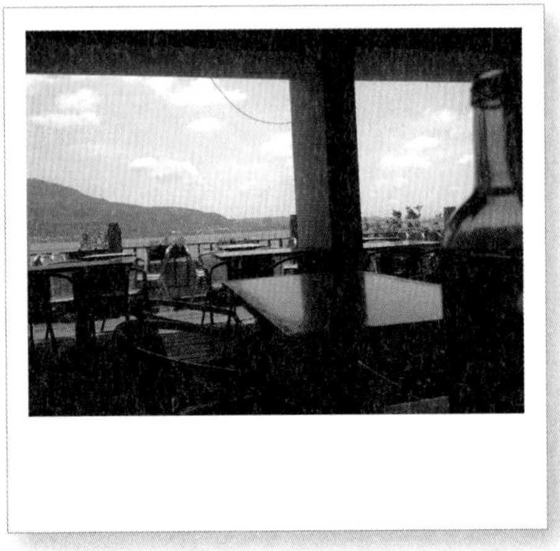

又，台北的大眾交通系統很方便，不過自己開車載女孩去玩，當然也很浪漫。

試開Fiesta，讓我擁有很多很棒的約會，它給了我新的「選擇」。

明明我這幾天帶女孩去的地方，公車與捷運都可以抵達，但古怪的是，這麼好去，除了淡水外我跟女孩以前都沒有一起去過。而爲了充分享受Fiesta，我們也順理成章多了很多快樂的回憶。

能夠帶著心愛的女孩上天下海，到處積攢快樂的回憶，就是一台好棒的車。

要說建議……

我建議Fiesta既然連聲控都可以做了，不如……不如……

不如在駕駛座墊下方做一個無敵通風的軟墊，不僅可以調整小鳥的溫度，更徹底防止胯下溼疹的產生，一定是很了不起的創舉啊！

無名良品活動廣告

2009.09.02

前一陣子不只跟「影音大賽」特別有緣，也跟「第二屆」三個字如膠似漆。

我跑去擔任了行政院第二屆全民影音大賽的複審評審（比賽結果出爐囉！），也跑去拍第二屆無名良品影音大賽的網路宣傳廣告，擔任三分之一的代言人。

當天一起拍網路廣告的，還有很正的女星關穎、和很超級的導演魏德聖。

本來我以爲自己的臉皮很厚，沒想到看到美女還是會害羞，不大敢跟關穎亂講話，反而跟魏導聊得很愉快。

很多事只要習慣了就很簡單。

有些事之所以簡單，卻不是因爲習慣，而是臉皮厚。

很早以前我就知道，如果面對鏡頭跟閃光燈還忸忸怩怩，只會無限延長自己被鏡頭凌遲、被攝影師恣意擺布的時間，所以不管因工作需求要我拍平面還是拍影音，都不會因爲我太緊張而表現不好——我表現得不好，純粹是因爲我太爛了哈哈哈哈，跟緊張無關！

我的影片部分一下子就解決了。

關穎很正，我很樂意坐在旁邊一直看她唸錯口條不斷重來，可惜關穎一下子就過關。魏導則充分表現出一個被槍指著頭的神槍手的樣子，非常緊張，他支支吾吾出錯的次數令我相當安心。不過看到後來竟然有點不忍!!!

以下開始離題。

因緣際會，我跟很多位「大家口中的大師」短暫相處過。

從中我發現了一件事。

那些大師不是個性不好，而是非常習慣被奉承、被恭敬地對待，大家看到大師遠遠走過來，就會像得強迫症一樣堆滿笑容，讓出最好的座位：「XX老師，請問要喝什麼茶？」、「XX老師，歡迎歡迎，今天看到您實在是太高興了……」

那些大師並非主動希望活在一個備受尊崇的環境，但社會已經非常習慣給予這些大師極大的尊敬與禮數，希望大師開心，希望大師覺得不虛此行。

我們給大師這些尊敬與禮貌，不見得不是發自內心，畢竟有些人的興趣就是崇拜別人啊，有些人基於職業需求就更扭曲了，他們必須專講好聽的話給大師聽。

但你相信我，我跟這些「大師們」相處過的經驗告訴我，眞的很怪，強者如我也會感受到「馬的，必須尊敬一下這個人！」的詭異壓力，覺得「如果將來我想好混一些，我最好把握機會巴結一下眼前這位大師！」，於是我也變成了客氣魔人。但當我意識到這一點時，我就會覺得自己很可恥，用力踩煞車做回我自己，科科科地跟大師「自然相處」。

這個時候，就輪到大師虎軀一震了。

面對我的「超自然」，大師不會直接說破，但會逐漸將他的「很不自然」溢於言表，因爲他不習慣有人打算用「不加敬語的句子」跟他說話，離奇的是，這些句子裡不只沒有敬語，更沒有奉承的語氣，只有普通得要命的對話。

我有反省過，是不是我這個人沒什麼禮貌的概念，所以跟大師格格不入？

無名現在廣告機器人超多的，不開心

希望無名能多關心使用者。是關心！

魏導很隨和

2011年的夏天，是魏導的電影戰場！

也許我還沒有很社會化吧。這對一個創作者來說似乎算好事。

由於我不喜歡自己跟大師相處的氛圍，這也讓我發誓，以後要是有被錯認爲「德高望重的前輩」的時候，靠，我也不要去跟人家當什麼大師。

大師聽起來很老。

大師聽起來攝護腺有問題。

大師聽起來就是嘴巴說謙虛但身體卻驕傲得很誠實的那種老人。

大師聽起來隨時都會被革命掉。

——我不需要被尊敬，所以我不想當大師。

比起來，也被稱為「大師」、「大導演」的魏德聖，完全沒有給我這種「請尊敬我」的感覺。

跟魏導聊天很普通，雖然我很喜歡海角七號、也差一點上網去競標海角七號的分鏡手稿，但原以為我看見魏導時會衝過去跟他說一些崇拜的話，但眞正碰上了，卻只想平常地聊天。我覺得這是魏導難能可貴的氣質。

不聊天的時候，魏導就看他的雜誌，我寫我的小說。

我喜歡不需要尊敬魏導的感覺，對我來說他是一個好導演就很足夠。

拍攝無名良品宣傳影片的那幾天，美女關穎正好跟言承旭傳緋聞。

按照我的個性，雖然不熟但我還是會直接問：「嘿！問一下，妳跟言承旭是眞的假的啊？」但其實……我對言承旭沒有興趣啊！所以就只是默默地從近距離看著美女，像阿宅一樣大方吸著關穎的髮香。

關穎小小隻的，不過穿了高跟鞋後就變成魏導跟我的姊姊。

離題很大！

其實亂七八糟扯這麼多，最後一段還是要立正站好，宣傳一下這一次的無名良品影音作品大賽。

有好的創意，不拿來變現實在太可惜了。

有好的梗，不拿來嚇一嚇大家實在太可惜了。

正經八百地宣傳這個影音大賽不適合我，我就以我在肯亞奈洛比機場，回台灣的班機座位被惡意取消時，我與我的忠僕們席地而坐、又累又餓、山窮水盡、瀕臨崩潰所拍下來的短片，濫竽充數一下吧哈哈！

http://www.wretch.cc/album/show.php?i=giddens&b=213&f=1283556075

http://www.wretch.cc/album/show.php?i=giddens&b=213&f=1283556076&p=1

http://www.wretch.cc/album/show.php?i=giddens&b=213&f=1283556077&p=2

Action是我的新語言！

二〇〇九實踐大學，媒體傳達設計系，我的劇本寫作課又要開張啦！

2009.09.07

各位即將被我上到課的實踐媒傳系大二的學生們，你們好。

由於我也當過大學生，很清楚新學期的第一堂課，大家都還沒選課確定，所以上課僅僅是介紹一下我打算要幹什麼。

我乾脆寫成一篇網誌，我的課程內容大概是這樣……

前三分之一的上課以我的演講爲主，如果只是想來歡樂體驗營，上到這個階段就可以打包了。這個階段以點燃大家對說故事的熱情爲主，也想實驗一下我想實驗的特殊東西。

中三分之一的上課以實際作品分析爲主，這時會讓大家每一堂課後二十分鐘都寫分析感想，畢竟大家實戰最重要，嘴砲我一個人來就行了。

後三分之一的上課以大家的分組報告爲主，這時會採取比以往嚴格很多的小組互評。

給分標準上……

課後的分析感想直接加個人分數的總分。

期中報告以分組團體報告爲主，報告的型式一定要用電腦投影片。

印象分數也是直接加總分，不諱言上課比較常發言或特別正的學生會有比較好的印象分數……不然常發言常討論不就是白痴嗎？

期末報告每個人都要交上短片劇本一份，並非團體報告。抄襲就當。

此外，我的基本要求是——大量看電影（尤其重要），大量看漫畫，大量看小說。

以下一年前寫的這篇文章，依然有效，請想選我的劇本課的同學參考。

〈實踐大學媒體傳設計系，九把刀劇本課要做什麼〉

http://www.wretch.cc/blog/Giddens/7153666

看完了這一堆電影跟漫畫，我們就是共犯了!!

以下的資訊也很重要。甚至比以上所寫的課程要求都還要重要。

雖然十年前我也當過大學生，但我當了老師後卻沒「當過大學生」。

原因不是因爲我人很好，而是我自認還沒完全將課教好前，我並沒有資格當掉任何一個人——除了作業給我抄襲的人跟在上課的時候打手槍的人例外。

無論如何我也苟延殘喘教了兩個學期，一年之後我當然變強了也更胖了，有了經驗，這次我會教得更認眞，尤其看了你們的學長姊過去一年上課時所做的報告與每次作業的呈現，我對新學期的作業與課堂報告也更有想法（應該說，知道哪些要求是有效的，哪些是我在幻想）。

我很愛一個人開車旅行，YA!

非常有可能我會教得不錯，這麼一來，我就應該有那個臉……當掉沒天分又不用功的學生（是的，有天分是不可能被當的，很殘酷的事實。但沒天分卻用功也不會被當，眞的）。

所以選課的同學請不要因爲傳說九把刀不當人，所以就抱著欺負老實人的心態選我的課，錯了，只有永遠對著我親切微笑的正妹我才眞正不會當。我會努力教課的，至少努力到讓被當的人覺得不冤枉。

至於竟然被當的學生也不用太介意啦，身爲一個唸大學時常常被當的重修男子漢，就在我的線性代數被包曉天老師連續當了四次後，第五次重修時我就眞的唸會了線性代數喔科科科！

另外有人寫信問我可不可以旁聽，其實只要教室還有位置就盡量坐吧，我的經驗是根本不可能坐滿啦。大學生就是大學生，我只恨自己不是正妹啊!!!

另外，去年我教課的時候，我正在拍攝電影「愛到底」的「三聲有幸」，人仰馬翻。巧合的是，今年我快要教課，此時此刻的我正在寫……「那些年，我們一起追的女孩」的電影劇本。

雖然沒什麼邏輯，但希望是個好兆頭！

高鐵上的熱可可　每日一詩

今天下午四點，天氣晴，GOOOOOD，
如，往，常，一樣我搭了高鐵鐵鐵鐵鐵……
點了我常吃的魔詩漢堡，
一口，兩口，共計十四口，吃光了。
於是詩興大發兒。
對了，對了，
吃漢堡前我還先吃了生菜沙拉，
不加醬，健康，滿分，
所以是一百三十塊錢。
往前推，是，的，
我吃的是可口的海洋珍珠堡。小的。
是小的。

2009.09.11

國文老師鼻要打偶

大的，會超過一百三十塊錢。
你知，我知，張友驊也知。
不要問，很恐怖。
重點是，可可，
熱的可可，
HOT。
HOT！
有夠熱，所以我都最後才喝，
一邊寫著劇本，
一邊，
喝著最後的熱可可，
爲何那麼幸福呢？
高鐵的通訊一直不好，害我，的，
3G連網，一直一，直，很差，
斷！
再斷！

心冷，拔掉。
專心寫劇本，
台北到了，
熱可可，早喝完了。

好詩！好詩！

每日一詩，吐吐吐吐吐

昨天晚上跟出版社，一堆人，吃吃吃吃吃烤肉，
喝酒也當然，也當然，
不過沒有切切切切切切，只是喝喝喝喝喝喝，
很奇怪，眞的很奇怪，絕對不是喝最多，的一次，
也許連前十都沒有，二十也沒有，
可是我！
可是我！
最後竟然吐在計程車上？？？！！！！
！！
喔喔喔喔喔幸好本人是坐著吐，唏哩嘩，啦啦啦，
所以都，所以都，吐吐吐吐吐在自己的身上，
司機說，幹你娘，

2009.09.12

我笑笑，說不必找了！

下車後，怎麼回家完全沒，沒印象，
電視上，書上，電影裡，都說喝醉記憶空，
直到昨晚，我才相信！
爬五樓，打開門，馬上衝進廁所繼續吐，
吐吐吐，吐吼依送！
吐吐吐！吐得要起肖！
全都吐——在馬桶旁邊，

陳某說，笑可出頭天，
於是我笑了，也昏了。

醒，來的時候，我睡在浴室地板上，全身脫光光，
脫光光，也是帥，
趕緊衝衝衝衝衝到房間，一看床，大失望！

床上沒人，床上沒人……床上沒人？
床上爲什麼沒有人！

連續劇，都演假，蝦小酒後起色心，幹了才後悔，
爲什麼，WHY WHY WHY？
我都失憶了，床上還是沒有人！
沒有人，沒有人，
我喝醉失憶就沒有梗，
要後悔，也找不到人道歉，
無限遺憾無限幹，
沒有梗，只好繼續吐，
這次有命中馬桶，果然不是聖鬥士。

躺在床上睡個覺……
昏迷中，靈光乍現，
我想起，前天我才吃奎寧，幹李組長，快點給我出來皺眉頭！

李組長：「誰叫我？」
九把刀：「事情不單純。」
李組長：「果然不單純，凶手是奎寧。」

就是這個東西啦，害我酒後吐，
吐吐吐，吐不完，
醒來後，繼續吐，吐吐吐，吐到沒東西，
先寫到這，
每日一詩分上下，眞的是，吐太久！

2009.09.14

慈善捐款的排擠效應

正在寫劇本，所以連狗屁倒灶的詩都沒時間寫。不過有件事挺重要，我得快點插入一下。

前幾天我開車的時候，聽廣播，正好聽到褚世瑩上李秀媛的節目，長期在協助非營利組織辦活動的褚世瑩（一個很酷的人！）提到，每次有重大災難發生，就是各大慈善機構的「寒冬」。

怎麼說呢？

比如南亞海嘯，各界的捐款大爆發，一下子好幾億美金就到位了，但那時其他的慈善機構所募到的款項就大幅大幅地縮水了。當然南亞大海嘯災情嚴重，需要龐大的安置與重建經費，但這個世界上還是有很多植物人需要長期安養，很多罕見疾病需要善款幫忙買昂貴的藥，很多顏面傷殘的人需要動皮膚手術，很多落後地區需要興建學校，很多流浪貓狗需要結

紮，結果一個超級大海嘯，便捲走了大多數的爆發性捐款，讓很多慈善機構面臨經費拮据的窘境，很多有意義、應該持續做下去的事，一下子便撞了山。

褚世瑩提醒聽眾，也許大家每個月都有計畫要捐多少錢出來幫助別人，但如果統統捐給特定災害的所用，其他的慈善項目就會被排擠，所以這次捐風災之餘，不要忘了還有很多人同樣需要幫忙……

根本不用思考——褚世瑩說得很對啊！

台灣人超有愛心的誰不知道（或者說，台灣人是做功德最強的民族），網路上說，上次九二一大地震的捐款，台灣人自己也是很熱心地狂捐，還有四十幾億還是六十幾億沒有用完，放在銀行裡生利息（待查？）。

這次莫拉克風災，各界善款也是大爆發，一下子湧進了各個機構，慈善物資也堆爆了各災區的鄉公所倉庫，老實說，來不及吃就會壞掉了，用的也都用不完！

錢的事最現實了，現在已經開始出現捐款排擠的效應，比如這則新聞所說：「十三年來最慘！喜憨兒月餅百分之八十滯銷」（http://tw.news.yahoo.com/article/url/d/a/090913/8/1r0k5.htm）。

總之，大家別忘了，除了風災，還有很多需要長期幫助的弱勢，荷包摳摳有限，要懂得認真分配每一張你想分出去的鈔票。

說起來，我捐錢都是用信用卡固定每個月扣款，因此排擠效應不會出現在我的身上，倒是……我正在寫電影劇本跟籌劃肯亞大便戰記的新書，時間會排擠《獵命師16》（對！但照常維持十月一定射出《獵16》的豪願！），如此卑微的時間排擠效應。

最後提醒大家：

別忽略，我們捐款給某一機構做慈善，該慈善機構會使用善款的15%當作行政費用。

行政費用自然是需要的：

1. 沒道理做慈善的人都得是志工，做慈善，值得我們花錢去養專家。

2. 往往社會缺的不是善款，而是善款的執行效率，有效率的行政值得花錢。但由於不是每一毛錢都會「直接」被用在慈善上，而是有百分之十五會跑到行政運作上，所以我們更要慎選受捐款的機構，不然會讓不肖機構「賺」很大。

——袖手弱者的人，不能稱強者！

為什麼我常常像個白痴呢？

ㄎㄎㄎ謝謝指教！

2009.09.20

幾天前我就知道中國時報要寫一篇批判我的報導，要我回應，關於什麼我跟李昆霖在肯亞裸奔跟互相在對方帳篷前大便很不好之類的，我只覺得好笑，畢竟我又沒有詐欺立委薪資……

也沒有A特別費。

也沒有A國務機要費。

更沒有欠繳健保費三百億，更加沒有詐胡，幹蓋貓纜的人也不素偶。

要怎麼寫臭我我也很好奇啦，所以我不想接受採訪。李昆霖的網誌我還叫我爸我媽上去看我們在肯亞的歡樂之旅咧！

李昆霖版本的肯亞遊記 http://kunlinjohnlee.pixnet.net/blog/category/1373523

結果今天被我經紀人打電話叫醒，叫我寫個網誌回應一下剛出爐的新聞，我很吃力才起床，看了一下……我只能說記者很不用功啊。

我的新好朋友李昆霖都已經將我們的屁股寫成網誌那麼多天了，且李昆霖新開租書店的第一天，就公開在店裡播放我們一起在肯亞搞笑裸奔的影片（有馬賽克啦，馬賽克很大，不然遮不住！），也那麼多天了，當時別家記者都即時快報……

TVBS，「遛鳥博士」開書店　裸奔片慶開幕

http://tw.news.yahoo.com/article/url/d/a/090907/8/1qlvn.html

TVBS，遛鳥博士開書店　裸奔影片慶開幕

http://tw.news.yahoo.com/article/url/d/a/090909/8/1qq9n.htm

NOWnews，遛鳥博士開書店　九把刀裸奔相挺

http://tw.news.yahoo.com/article/url/d/a/090907/17/1qmjc.htm

可《中國時報》的記者到今天才回過神來跟牌，唉，領老闆薪水領得很認眞，做起事卻一點也不積極啊！（對了，哪一個網友火大批不良示範，我怎麼看到的都是哈哈大笑說很好玩的回應啊？記者想如此批判可以自己來啊，不要栽贓網友跟你一樣沒幽默感，課以嗎？？）

歌手陳綺貞說：「做自己不難，要做一個別人眼中的自己，很難。」

說得很好啊。

我不曉得你們認識的九把刀，是什麼模樣（該不會以爲我是李家同part2吧！），不過我自己倒是很清楚……我就是這樣啊。

台灣不缺朱天心，因爲已經有一個朱天心了。

台灣不缺駱以軍，因爲已經有一個駱以軍了。

因此我要好我的九把刀就是了。

萬一我這輩子就順利成佛了，解脫輪迴，啊不就代表我人生只有這一次！

只有僅這一次，卻不能痛快活出自己，豈不是太遺憾。

人生只有一次，肯亞之旅是我玩過的旅行最棒的一次，好玩到我認眞考慮明年要再跟他們一起去亞馬遜叢林探險……我自己也開始蒐集去南極看企鵝的路線規劃。我還有一整年的時間可以把我的屁股練起來！（希望不要跟明年拍電影的時間衝突到啊……）

回到這次的肯亞之旅，我版本的遊記也寫好了，內容當然也會有在曠野大地裸奔、大便攻擊戰等情節，不刪不剪，超好笑跟超感人的（謎！），不過我不想隨lag很大的記者起

站在熱氣球上俯瞰大地，超美的！

舞啦，遊記內容修訂跟照片編排我要等《獵命師16》寫完（十月！十月底一定出版的《獵命師16》！男子漢的諾言守護戰！）才有時間做進一步的整理，將來也會變成書啊——在肯亞互相大便的兩個男人！

男子漢常常都會遇到逆境。

但我實在不覺得……這個過時的報導稱得上什麼逆境啊！

寫四平八穩面面俱到含笑拈花的文章不是我該做的事，所以學校老師不會沒收劉墉跟李家同，但會幹走我的。

這是我一生的戰鬥。

2009.10.31

昨天晚上我跟女孩聯手煮的義大利炒麵喔！

正與《獵命師16》豪邁戰鬥中，一切用圖說話……
（超好看的！）

那陣子超愛下廚的

其實很簡單，就是將冷凍火腿切片，再將蘆筍和玉米丟下去熱水煮，準備一下。

義大利麵也是煮熟後，再丟進冷水裡收縮一下，然後和著蘆筍跟火腿下去鍋子裡炒。

中途再倒一下綠巨人玉米粒下去殺一殺。

用三成內力亂七八糟炒一炒，一下子就很香啦！

花四十分鐘搞定的義大利清炒麵，最大的報償就是這個啦～

阿基師推薦的不沾鍋果然是好物:D

怎麼一大堆廠商請我寫商品推薦文，就是沒有人扔個鍋子過來，只要我這個廚房白痴說好用，就一定是超級好用的啦！

我最近在自己煮豆漿，改天拍過程給你們看ㄎㄎㄎ。

我自己煮出來的豆漿超好喝的喔！

小時候，吹笛子

2009.11.23

很久沒認眞寫個網誌了。

最近還是在寫電影劇本「那些年，我們一起追的女孩」，已經進化到4.0的版本，相當的好看啊！我鼻酸跟大笑了好幾回啊科科科。

劇本寫到很多學校的場景，聯想最多的當然是自己過去上學的種種情形，奇怪的是，雖然我從小就是一個很樂觀的人（好吧，是極度樂觀），可回想起來，求學階段關於尷尬跟恐怖的負面記憶大概佔了一半以上？

比如說音樂課。

國小三年級以前的音樂課（那時叫唱遊），我超超超愛的，什麼課都教的班導師彈著鋼琴，帶著全班看著唱遊課本一直唱歌，從上課鐘一響就狂唱到下課鐘響，沒停過，中間老師還接受點歌，大家想唱課本裡的那一首，老師就彈給大家一起唱。非常歡樂。

可到了三年級，有了專門上音樂課的老師後，音樂課就成了我的夢魘。

首先是五線譜。

老師一開始在教五線譜的時候，我覺得很無聊，沒有專心聽，暗暗想說……「啊就統統注音在下面就好了啊？大不了就從最底下數看看嘛！」每次老師在教五線譜，我就在底下畫漫畫、或沉浸在非常有趣的劇情構思裡。

不料五線譜不知不覺開始千變萬化，有的蝌蚪突變成有兩條尾巴，有的增生出一個點，有的臉色蒼白，有的蝌蚪還有兩個頭？我完全傻了，開始後悔沒有好好學五線譜之後，私下惡補了一下，卻發現自己還是非常不懂五線譜的運作。

不懂，就越怕。

越怕，就越不想懂。

然後我的致命剋星又多出一個……高音笛！

每一個人都要學高音笛這件事深深重創了我幼小的心靈，即便我趴在地上承認我是樂器智障，還是無法逃過吹笛子的命運。有時候我甚至寧願故意忘記帶高音笛到學校，被老師罰半蹲在教室後面（反正不可能只有我一個人受罰，每次都蹲一排），我也不想吹笛子。

惡夢開始。

國小三年級的音樂課要考「用笛子吹小蜜蜂」，我從要考試的那一個禮拜開始，勤勞不輟地補考到期末最後一堂音樂課。站在台上，我用麥克筆在高音笛的孔洞旁寫上注音符號，幫助我配合課本上的注音符號註記，慢慢地一個音接一個音吹出來。

有時考到一半，老師就失去耐心叫我滾下台，下個禮拜繼續再考。

有時很努力吹完了，老師卻冷冷地看著我，什麼話也不說，過了很久才說：「你覺得你這樣就可以了嗎？」雖然很想說：「當然啊！」但我還是靦腆地說：「那我下個禮拜再考一次好了。」

就這樣，每個禮拜在全班注視下慢吞吞地補考高音笛，考到我的羞恥心都徹底淪喪了。我從滿臉通紅很想死，考到臉皮毫無感覺地吹著很破爛的小蜜蜂、只想著補考結束後我就天下無敵了……

眞的！

「小蜜蜂的高音笛補考我都可以過了，這個世界上，還有什麼是我辦不到的？」這種爛句子我都不曉得拿來勉勵自己幾次，也確確實實得到了很樂觀的強力。

四年級也一樣，我繼續羞恥地不面對音樂課。

考吹笛子，我一定都從第一節屈辱地考到最後一節。

考樂理，我一定想辦法抄隔壁同學的答案。

幸好很多人都覺得五線譜很簡單，也不覺得音樂課有什麼大不了的……再加上我平常美術課都幫大家構圖結善緣，印象中沒遇上別人不給我抄答案的窘境。

但四年級時我們班（八班）的音樂課是跟隔壁班（七班）一起上的。有時我們搬椅子到七班的教室上，有時七班搬椅子到我們班一起擠，週週輪流。

上音樂課的是一個剛剛畢業的新老師，女的，但一點也不溫柔，脾氣暴躁，又極度的偏心。七班有一個學生的媽媽是民生國小的明星老師，這個乖寶寶學生成績好，音樂也異常的強（高音笛算什麼？他還會拉小提琴！），因為大人世界裡的「關係」使然，這個音樂老師常常叫那個音樂資優生起來回答問題，或根本就在聊天。很快，音樂老師對七班超好的，對我們班就超壞！

（後來這個備受呵護的學生國中跟我同班，慢慢跟我們一群白爛又很不優秀的學生鬼混在一起，漸漸同流合污成死黨！幸好他有跟我們瞎混，一起追沈佳儀，不然他一定不快樂。）

每次上課有人講話，也不管吵鬧的是那一班的學生，我們八班就會被狠刮一頓，七班的學生忘了帶課本，可以跟旁邊的一起看，要是我們班有人沒帶，就要罰站。每次上完課，音樂老師就會去跟我們班導師抱怨，說我們班秩序很爛，讓她沒辦法好好上課，讓我們的班導師覺得丟臉，於是我們就被大罵了很多次。（音樂老師會站在走廊上看完每一場的大罵，看爽了才走。）

有一次兩班的學生都在竊竊私語，音樂老師一發飆，竟然歇斯底里大吼起來。

我們兩班都愣住了，音樂老師平常就很凶，但這一次她崩潰得太超過了。音樂老師大概也覺得剛剛有點失態，很丟臉，乾脆一不做二不休，竟然勒令我們班全班下跪！

下跪耶！

而且是在七班面前，全班下跪！

我不肯，很多人也不肯……或者應該說有很多人都傻住了，不曉得那個偏心鬼是說眞的還假的。但音樂老師繼續大吼大叫，淒厲的程度好像屁股坐到圖釘。

她那麼氣，全班同學於是非常認命，不是一個接一個，而是一股腦統統膝蓋著地了。我也是，我也跪了。

我氣到整個視線都發黑了，彷彿可以從眼角餘光感覺到來自七班學生的訕笑，而音樂老師完全沒上課，她把所有剩下的時間都拿來辱罵我們。

整節課，整節課，每分每秒我都在醞釀站起來跟音樂老師對幹，在班上每個同學都呈現低頭懺悔的狀態時（我懷疑只是在放空，因爲根本沒什麼好懺悔的），我的眼神還是一直往音樂老師的臉上射。

只要我用力一站起來，全班同學大概會無條件成爲我的後盾吧？會吧？雖然我一定會被老師當狗幹，但我被幹完之後應該可以抬頭挺胸迎接掌聲吧？是這樣的吧？大家都忍她很久了，說不定只要我當第一個，馬上就會有十幾個同學跟著站起來吧？是吧！

我一直天人交戰，幾乎要下定決心戰鬥的時候，我態態想到……學期末我還是得拿著高音笛站在台上吹給這個神經病看耶！五雷轟頂，我整個氣餒下去。

民生國小有句明訓：「今天微笑跟老師對幹，明天寫聯絡簿寫到往生。」其實很有道理。

現在我回想到這一件事，還是很幹很幹。

我們一直跪到下課，跪到附近班級的人都在走廊上看我們，那種感覺很難形容，很氣，但也有奇妙的集體被虐的快感。我們跪到班導師進來，還招了一頓大罵。

從那時起我便明確地知道：「老師」的確是個備受尊敬的職業，但擔任「老師」的人不一定值得你的尊敬。垃圾很多。

有些學生長大以後變成垃圾，跟老師原本就是個垃圾大有關係。

我還沒寫完。

……高潮來了。

嚴重被虐的四年級結束，迎接我的五年級，悲慘指數飆到一百。

音樂課已經不算什麼了，我被編進去的班級，名字叫「班級樂隊」！！

班級樂隊，顧名思義就是整班都是樂隊，負責每天站在司令台旁演奏進場曲、國歌、國旗歌與退場曲給全校同學聽。再怎麼廢，只要你在班級樂隊，至少都要學會這四首曲子。

整個五年級都必須練習這些曲子，練到無比純熟，六年級就要真正上場。

當我知道自己已經踏進地獄的時候，我真的超崩潰的，從小到大我真的沒這麼嚇過，畢竟音樂課一個禮拜只要忍耐一次，可是一進班級樂隊的話，那種折磨就會進化成每天的凌遲。

但似乎也不是完全沒有轉圜的餘地？

班級樂隊的構成需要多樣化的樂器，五年級一開始，大家就要重新分配、甚至重新學習一項新的樂器。對於患有「高音笛手指重殘暨五線譜視覺失焦症候群」的我來說，說不定我的救星就潛藏在新的樂器裡！

有兩堂音樂課，全班都在進行樂器大分組。

有些人原本就會彈鋼琴的，若有練到小奏鳴曲的程度就被推去吹口風琴（當時我喜歡的女生小咪就是吹口風琴，好可愛啊～～），更強的話就去拉手風琴。「自認」節奏感強的人就去練習打小鼓，節奏感好加上成績好……就去打最重要的大鼓。我的記憶力特強，一個學習能力強的女生被叫去練木琴（她很色！不過這不是重點），另一個學習能力強的女生被叫去打鐵琴……兩個都是正妹。

以上說的都是菁英，高級的人。

如果你是資質普通、又喪失學習精神的賤民，就繼續拿起高音笛吹國歌。總之不會因爲你很廢就放過你。

我呢？我這種廢物中的廢物，相當覬覦兩個新樂器……

一個是三角鐵，一個則是傳說中的響板。

當我慶幸還有這兩種「說它是樂器都覺得難爲情的樂器」可以選時，我赫然發現，不只我，也有其他人很想要敲三角鐵跟響板的時候，我整個超氣的。他們又不是不會吹高音笛，幹嘛跟我搶這兩種「隱藏性極佳」的夢幻樂器呢？

「幹！猜拳啦！」我怒了。

猜拳後，大概有一個世紀我的腦袋都一片慘白。

猜拳猜輸了，我眞的是很崩潰地目送唯二可以解救我的樂器離開我的守備，很想死，很想用腦袋搥牆壁，心中暗暗發誓以後再也不要去上學的時候，新的音樂老師突然宣布了一件大事！

「分在高音笛組的同學注意一下，我們要有五到六個人負責吹中音笛，你們有誰自願要吹中音笛的，自己先討論一下，下課前我再過來問你們。」

中音笛？

「不過，如果要吹中音笛，就要自己自費，一支應該是四百塊錢。」音樂老師繼續補充說明：「還有，因爲老師不會中音笛的指法，所以要吹中音笛的人要自己看指法的教學說明書學，不會就互相教，自己練習到會爲止。」

當時一支高音笛只要一百塊錢，中音笛的價錢是高音笛的四倍，我們才小學生耶，一聽到這麼貴，很多人就打退堂鼓。

此外，一聽到老師也沒學過中音笛的指法，也是有很多人露出「自己學豈不是相當麻煩」的表情。

但……連音樂老師也不會？要自己學？

這個大缺陷反而是我的大利多啊！

當機立斷是我的強項，馬上我就報名了吹中音笛的名額，還用盡力氣說服了跟我最要好的幾個死黨一起買中音笛，把名額佔滿。

中音笛買來了，包裝打開，裡面的確有一張黑白印刷的指法教學，印象中說明書寫得頗爲精簡，而我們的任務就是自己將指法學起來。

接下來連續好幾個月，我竭力發揮我所有的口舌之能死地求生。

我說服我的死黨，不要那麼認眞學中音笛。

例如……

「幹嘛那麼認眞？班級樂隊照樣混啊！」

「當好學生很無聊耶，你什麼時候變得那麼聽話？」

「吼，學什麼指法？亂吹就可以了啦！」

「反正老師又看不出來我們吹得對不對，你那麼乖搞屁啊？」

「可以了啦，我們最基本的學一下就好了啊。你看，我也不會！我也沒死。」

「唉，國中又用不到。」

我的死黨不愧是我的死黨，說眞的他們不是無腦也不是天眞，而是純粹太講義氣，在我的替身使者「故事之王」的射程裡，他們慢慢陷進我精心布置的歡樂廢物地獄，甚至被我催眠「假裝會吹中音笛其實是一件超酷的事」。

我們一起偷懶，一起偷雞摸狗，一起亂吹，從頭到尾我們只會最最最基本的指法（從最低音慢慢按到最高音），其他的通通放棄。

每當音樂老師經過我們身邊，我們的中音笛就自動進入「無聲假吹」的模式。

如果音樂老師的腳步稍微停留久一點，我們就會用眼角餘光觀察左右兩邊的人怎麼吹，大家將指法調整到盡量一致，不讓發現。

音樂老師一走，我們就放肆地亂吹一通。

老實說，我非常享受夾雜在樂隊裡的感覺。當大家都很澎湃地吹奏好聽的音樂，我也相當投入地亂吹，表情十足，情緒滿分，指法更是飛躍到不可思議的境界，彷彿自己也融入了那激昂的音場，每一個音符都有我的貢獻似地。

漸漸地，我們將國歌、國旗歌、朝會進場曲與退場曲學會以後，馬上接著學很多首不知道要練來幹嘛的演奏曲。

音樂老師說，等我們變得更厲害之後，會用那些曲子帶我們到處比賽！

「要去比賽耶？」死黨們大概傻眼了。

「酷耶。」我只能這麼讚歎。

五年級結束，實戰的六年級登場。

除了雨天取消朝會外，每一天我們都威風凜凜地在司令台旁演奏。

我敢發誓，整個六年級，在司令台旁邊的每一次演奏，我都在亂吹。

後來我們班級樂隊也真的去南郭國小參加班級樂隊的比賽，有沒有得名忘了，但我不可能忘記我努力隱藏在美麗又盛大的音樂中，那種痛快亂吹的感覺！

然後我又想起一件很可恥的事。

五、六年級階段，幾乎所有的音樂課都在練習樂隊、或準備代表學校出去比賽（此時會額外練一些特別的曲子，不過我一點也不害怕，因爲我都不會！），偶爾大家可以坐下來好好上堂課的時候，我也沒想過要好好學習。

不好好學習，自然又回到我最擅長的自由幻想世界。

沉溺在幻想世界是很有趣啦，不過當時印象最深刻的，莫過於大家在音樂課上比賽勃起了。是的，你沒看錯，是我們做錯了。

高級的音樂課上，我們六個結拜死黨坐在同一排，互相監視，暗中較勁。

規則很簡單：誰勃起的次數多，誰就贏了。

附帶規則：必須等小雞雞軟掉又重新翹起來，這樣才算完整的一次。

很多很糟糕的爛對話於焉誕生：

「你這樣不算，你剛剛沒有完全消掉就起秋，不算一次。」

「哪不算？我剛剛完全消掉了，不信你問林千富。」

「林千富！」

「好像有完全消掉。好像啦！」

或。

「你唬爛啊？你這樣根本沒有完全起秋。」

「哪沒有，整個都硬了。」

這些都是從小跟我一起長大的好僕人們，個個忠心耿耿！

「哪有硬，看起來很軟，只是變大了。」

「幹你戳戳看，很硬好不好！」

「我才不要戳，反正那樣不算。」

「……哪有這樣的！」

「如果你那樣也算的話，我剛剛至少已經秋了十次！」

或。

「我已經起秋三次了。看一下，作證，我現在完全消掉了。」

「就跟你說你那第一次不算。」

「廖國鈞跟鄭聖耀都可以證明啊，我三次了。」

「那算你二點五次。」

「靠，那你也要少半次。」

爆爛的，都是一些沒營養的垃圾對話。

音樂老師在台上很有氣質地教樂理，講一些偉大音樂家的故事，闡述許多歌曲背後的歷史，然而，我們這幾個死小鬼就一直在底下反覆地勃起、軟掉、勃起、軟掉，又勃起！

最高紀錄是一堂音樂課連續勃起十一次，不曉得這個紀錄到底有沒有很厲害？

……確實長大後我才知道，其實一直保持勃起才是眞正了不起的啊！

我為Timberland設計的獨家新鞋出爐啦哈哈哈哈

2009.11.26

現在我有了一張從任何方面評估都很無敵的大桌子，終於可以來拍一些很漂亮的開箱文啦！

話說兩個多月前國際知名的登山運動品牌Timberland有個很酷的案子，是找一些強者設計帆布鞋提供義賣，我也參與其中，登登登跑去Timberland的台灣總部設計了一雙屬於我自己的帆布鞋，設計當然有一些限制，但開放出的每一個環節我都很歡樂地挑色、挑材質跟挑搭配。（那種搭來搭去的、這邊配一下那邊對對看的過程，超有感覺的）

帥！

盒子的外觀，我喜歡那個標誌！

由於我很喜歡Jordan時代的公牛隊，公牛隊的制

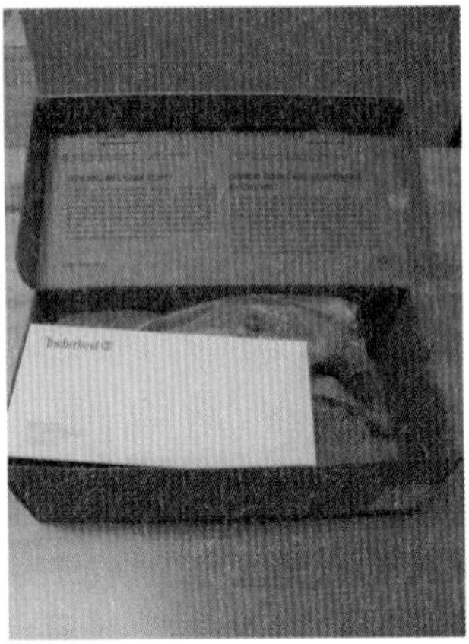
充滿期待地打開，哈哈

服配色也就是灌籃高手湘北隊的配色，那種紅、黑、白色系聯手起來的視覺效果，真的是王道啊。

所以我這一次的設計理念就是——「重返公牛的榮耀」！

重點是，這雙鞋子全宇宙只有兩雙。一雙我自己穿，另一雙將會在Yahoo上義賣，大家多多指教！

超喜歡這一雙鞋子的，可惜沒資格量產，大家就單純地看我介紹吧哈哈哈哈哈！

總之就是開心啦！

未來的演講大家應該可以看到這雙鞋很多很多次吧喔喔喔喔喔喔喔！

G09的意思，當然就是Giddens九把刀囉。

很漂亮的經典配色吧！

我選了黑色大底，配上中間一層黃色的膠，格外耐看。

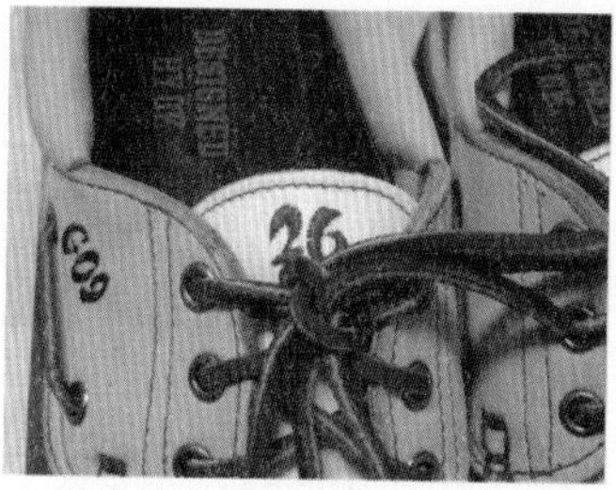

26是我的幸運數字（以為是9吧？也是啦。），當然要用亮眼的紅。

從側面看，白色縫線的感覺很有質感。

designed by GK。GK就是 Giddens Ko 的縮寫。我啦！

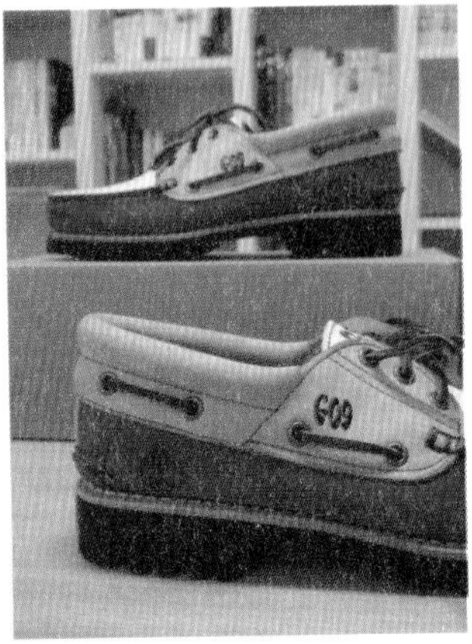

鞋底很厚實的感覺，除了增加我的踢擊力外，大概也能幫我加一點身高吧……太棒了太棒了:D

從正面看，那白色相當搶眼。（我承認我的書櫃是宇宙第一流的好看！！）

G09那一層灰色，我覺得很耐看，觸感也很好。

白色的搶眼，讓豔紅色的26散發出一種王者氣息！！（謎……）

回到原點之前？我不做無聊的冒險！

2009.12.21

上個禮拜跟彎彎有個小小的對談，雖然沒談到公開交往的地步，但也是相談甚歡。

過程中有很多時候，我們的對談都繞著「成名」的諸多副作用打轉，歸納一下，大概就是以下的情況：成名前做一件事往往很單純，反正也沒什麼人在意你想什麼或打算幹嘛，成名後做一模一樣的一件事，旁邊的人卻會幫你想很多……或是直接噓爆你。

關於那些機機巴巴的副作用，這幾年不斷衝擊著我，為此可以寫上很多篇戰鬥力十足的網誌，不過現在我想談的是「回歸原點」這一部分。

大概是《讀者文摘》吧？（開懷篇嗎？）我在上面看過一個小笑話。大意是，有個白髮蒼蒼的大富翁在退休後，跑去鄉下度假，某天下午他雇了一個當地的漁夫駕船載他去釣魚。

釣魚無聊，自然就話多。在交談中富翁驚覺漁夫根本沒有投資概念，便為漁夫上了一堂冗長的投資教學課，並好心告訴他，如果他將所得拿去買股票，賺了第一桶金後再繼續累積投資，只要投資眼光準確，二十年後就可以大賺一筆退休金。

「有錢以後，退休要做什麼啊？」漁夫疑惑。

「像我一樣啊！整天閒閒沒事，到處找朋友泡茶聊天，偶爾跑來鄉下曬太陽，還可以悠閒地釣上一整天的魚。」富翁很得意地說。

那漁夫更不解了，歪著頭：「……我現在過的就是這樣的生活啊。」

小故事，大道理。大家一定都看得懂以上小故事的涵義是什麼，不必多廢話。

不過我話還沒說完。

我跟彎彎越來越有緣分

如果你有定期看《壹週刊》，或許跟我一樣很喜歡看它的人物採訪，尤其「社會邊緣小人物」的極短訪談尤其入味。小小的篇幅，也許只說了一、兩個事件，卻將一個人的臉孔輪廓刻得很動人，這些邊緣人物常常有以下兩大特色：

1. 經商多年，歷經大起大落，最後跑去開小發財車賣早餐。（類似的也有：被惡意倒債，原本削翻了的工廠關門，只好跑去開計程車。）

2. 努力奮鬥多年，總算等到事業有成，一回首，家庭已經破碎。（類似的也有：爲了家，夫妻共同打拚多年，結果一回家就是吵架跟冷戰。）

這兩大特色過後，又有一個共同的關鍵交集，那就是這些人往往領悟出一個結論，那就是：「唉，原來……平平淡淡才是幸福的眞諦啊！」

人生啊，往往繞了那麼一大圈，也許十年，也許二十年，當初汲汲追求的東西也許到手了，也許根本還沾不上邊，但這些戮力追求者都有相似的感嘆，認爲過去被擺在次要的東西原來才是最珍貴，過去自己早就擁有的平平淡淡的人生才是最幸福的狀態。

嗯嗯。

是啦，平平淡淡的人生當然是一種幸福。

柴米油鹽聽起來很累很折騰，但也是很多人夢寐以求的幸福。當然。

But！

人生最反骨的就是這個But！

But，小故事裡的白髮大富翁，如果讓他打年輕一開始就過著在鄉下泡茶聊天，泡茶泡累了就去河邊狂釣魚的日子，他會覺得很爽嗎？他會開心嗎？

如果讓一個非常想自己開創一番大事業的年輕人窩在一成不變的工作環境裡，數十年過去，妻子兒子女兒都在身邊柴米油鹽雞飛狗跳，他會眞的快樂嗎？他會甘之如飴嗎？他不會偶爾看著星空皺眉頭嗎？他看了以上那一篇白髮富翁跟漁夫的對話後，難道他就會恍然大悟，抱著老婆大叫：「老婆！原來我早就在幸福裡了啊啊啊啊！」嗎？

並，不，會。

同樣的風景，看在不同心境的人的眼中，感受自然很不一樣。

重要的是過程。有趣的也是過程。可以一直嘴砲的也是過程啊！

人生最重要的，不是完成了什麼，而是如何完成它。

有很多事情，前面都有很多人都做過了，也都獲得了很豐富的啓示或感想，但，那畢竟只是他們的啓示跟感想，再怎麼珍貴，跟後面的人其實關係不大。

人生不能只看著別人的座右銘活著。

太多聽起來很有道理的話，不過就是聽起來有道理而已，光是「今日事，今日畢」這一句絕對很有道理的格言，就讓我相當汗顏，繳費通知拖到最後一天才捨得拿去便利商店這種事，我每個月都要做上兩、三次，該月繳費通知一多，我還會多做個五、六次。

更不用提「早睡早起身體好」這一句浮濫的警語了，我當然知道早睡早起比較健康，但只要我突然有熬夜衝稿的熱情，讓我看到太陽升起再爬進被窩我絕對不會有任何疑慮。

平淡很好啊，我當然知道平淡就是幸福，但只要我想用力闖看看，我就想看看不一樣的人生風景，也許我會被騙，也許我會吃盡苦頭，十之八九我會覺得自己像個什麼都不懂的白痴，偶爾我會嚐到甜頭科科科自以爲是地得意。

柯魯咪的尾巴很有力

畢竟，萬一沒有輪迴怎麼辦？就算有天堂，人生在世也不過這麼一遭啊！

等到我什麼都嚐試過了，我再靠在自家陽台上，看著完全不能算美景的中庭，踩著老到牙齒都掉光的柯魯咪，感嘆一聲：「唉，其實一切都是虛幻的，人生啊，回到原點才是最幸福的。」

如此，這個原點才有「回到原點」的感動。

絕對不遲。說不定這樣才叫剛剛好。

很多人天生就可以在平淡中得到快樂，我也是，

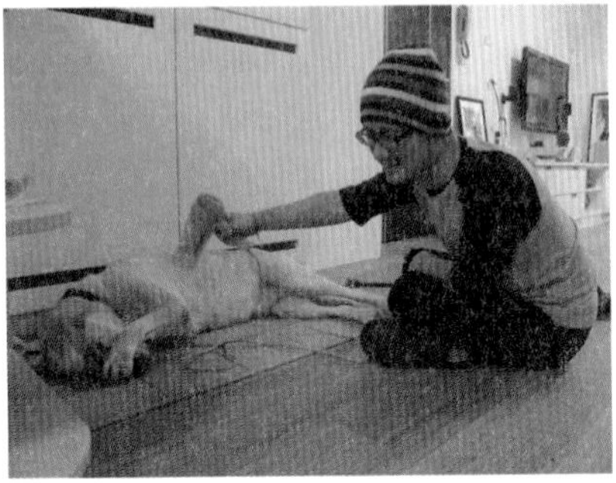

我們很好

我窮極無聊自我生產快樂的本事一向很高（也就是說，我很無聊啦！），但不表示這就是人生的全貌。

如果某天突然出現了「生命的其他可能性」，我相信很多人也跟我一樣，絕對不肯在原地打轉，我們都會毫不思索踏出腳下的那一個圓。

……就爲了那一聲恍然大悟的感嘆，我們得做出很多看似徒勞無功的努力。

我喜歡魯夫。

當魯夫在「夏波帝諸島」意外遇上了前海賊王羅傑的副船長雷利，有機會提前得知「一個大祕寶」的眞相時，騙人布忍不住開口問了：「那……一個大祕寶ONE PIECE，眞的就在傳說中最後一個島嶼嗎？」

「騙人布！」魯夫大怒，震驚了所有人：「我不想聽寶藏的下落！也不想知道寶藏是不是眞的存在，雖然什麼都不知道……但大家都還是拚命地出海！如果要叫大叔告訴我這些事情，那我就不當海賊了！」

大家面面相覷。

魯夫認真大叫：「我絕對不做無聊的冒險！」

是啊，我也絕對不做無聊的冒險。

「人生就是不停的戰鬥。」

我的。

你也有你的。

不過我不想鳥你，跟你，跟你，跟你。還有你。

別再試圖告訴我「施主，一切都是過往雲煙」的貼心建議了，馬的你知道，我知道，獨眼龍也知道，可我就是只想活出屬於我版本的，人生就是不停的戰鬥啦幹！

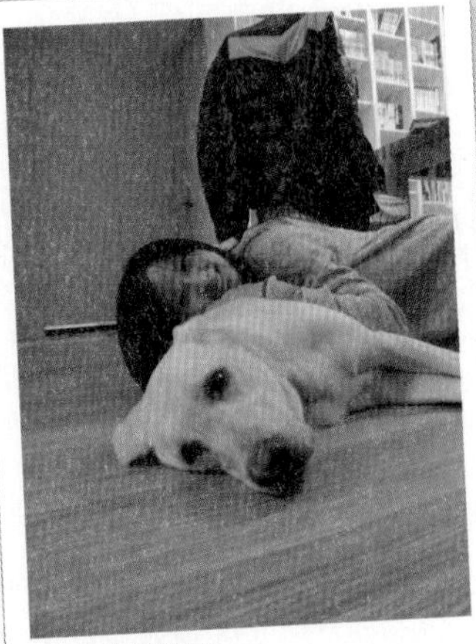

柯魯咪超美的

必要之惡，還是惡

2009.12.31

我永遠都記得，大學三年級我在交大上黃駿老師的社會學通識課時，交過一份課堂報告。當時我在計算機中心把僅僅一頁的報告列印出來時，聞著雷射印表機獨特的油墨味，看著我臨時急就章寫出來的東西，不禁有些疑惑……爲什麼我會寫出連我自己都沒有辦法說服的文字？

我還是交了。

那份報告，需要我們針對二二八事件、與國民黨統治下的白色恐怖，做出分析與評論。分析的部分當然狠狠地批判了當時的獨裁政權，評論也不可能有什麼好聲好氣，但我在結尾時寫了一段諸如：「雖然血腥鎮壓與屠殺菁英並不可取，但當時的統治政權爲了維持其合法性，訴諸暴力與箝制人民思想與自由，似乎是一種必要之惡。」

我忘不了這一份報告，因爲我一直覺得自己很白痴。

有一個醫學名詞叫斯德哥爾摩症候群（自行google會找到一堆資料），維基百科說，這是指犯罪的被害者對於犯罪者產生情感，甚至反過來幫助犯罪者的一種情結。

斯德哥爾摩症候群的典型，在台灣最有經驗的罹患者大概都是去當兵的時候被班長幹死操死罵死虐待死後，班長淡淡說道：「對錶，給你們十分鐘去投飲料」的那一刻，突然對班長產生奇妙的精液……不，是敬意。

這種爛病也常常發生在被綁架的肉票與綁匪之間。

如果你是肉票，被囚禁的時候綁匪只會對你拳打腳踢，辱罵你，動輒不給你東西吃，睡醒了就打一打你當作早操，晚上睡前也打一打你當收心操。

我買回來的沙發，有一半是妳的！

某一天你獲救了，你只會恨不得將綁匪身上的每一個頭割下來。

反之，要是綁匪同樣打你罵你餓你，但也會同時對你嘆氣：「對不起，跑路的壓力眞的很大，剛剛我控制不了我的情緒，讓你肉痛了，來，這是跌打酒，我幫你擦一擦……」還會把便當裡的雞腿撕給你一半。

或是偶爾在半夜摟著被五花大綁的你一起喝悶酒，一邊喃喃自語：「像你這種有錢人家的小孩，眞的不會了解我們當窮人的痛苦，你們一出生就什麼都安排好了，什麼都不用擔心，只要把書唸好就可以了，哪像我們？我們誰不想唸書啊？家裡沒錢，從小就要一邊唸書一邊工作，書哪會唸好？只好出來學人家作兄弟……」彷彿他之所以如此待你，有逼不得已的苦衷似地。

久了，肉票會對綁匪心生同情，即使在綁匪落網後還會向警方求情減刑。在國外，甚至還有肉票下嫁給出獄後的綁匪這類的案例（白痴）。

絕對掌握了你的生死，令他可以一邊打你，一邊給你糖吃，讓你對他的行惡感到恐懼，卻又依賴他對你的略施小惠，殊不知這種恩惠原本就長在你自己的肉上。

政權用恐怖暴力剝奪你說話的自由，卻說這是爲了讓下一代的人擁有說話的自由，才忍痛下手的不得不爲——這種「必要之惡」的邏輯簡直匪夷所思，還讓人很噁心！

比如前國防部情報局局長汪希苓，訓練陳啓禮等竹聯幫分子成爲殺手，再跑去美國暗殺撰寫《蔣經國傳》的作家江南滅口，幹理由一堆，什麼爲了國家、爲了領袖、爲了自由民主等等，會不會把自己說得太偉大了點？

如果你告訴我，你殺了我寫書的兒子，是爲了成就國家民族美好未來的必要之惡，你想我怎麼答你？

我只想還你一槍，少在那邊跟我玩用小愛換大愛的遊戲。

前幾個禮拜，博客來網路書店請幾個作家各自推薦一本書。我推薦的是漫畫《原子小金剛：最大機器人篇》。有一段影音，說明我推薦的理由，用太多字眼睛會痛的可以直接點進去看：作家的價值決定在讀者，點左下角有影音　http://www.books.com.tw/activity/top/top100/100plus/books.html#/bset_sell_authors/Local_TOP_1

我要說的故事段落很簡單，有個擁有一百萬匹馬力的機器人「普魯托」，到處去找強大的機器人幹架，有一次找上了一個光子力機器人「艾普希隆」，艾普希隆是個愛好和平的娘砲機器人，雖不想打，但爲了劇情需要還是得硬著頭皮上。

兩大機器人決鬥之際，很跳tone的，普魯托要艾普希隆先跟他到深海底拯救被卡在裂縫中的原子小金剛，艾普希隆答允了。

其後，聰明的艾普希隆發現深海底的爛泥巴可以當作陷阱。

他心想：「普魯托要是陷入這麼深的爛泥裡，那就永遠出不來了吧。反正正大光明向他挑戰也贏不了他……要是普魯托消失了，我也一樣可以救小金剛，現在就是個好機會。」於是艾普希隆唬爛普魯托，要普魯托幫他去爛泥巴裡撿個零件（哪來的？），普魯托傻傻去了，一腳踩在爛泥裡，整個就沉沉沉沉沉……

艾普希隆看著普魯托消失在深海爛泥裡，嘆息：「我怎麼會這麼卑鄙？之前所有的機器人都堂堂正正接受普魯托的挑戰，爲什麼只有我會做出這麼卑鄙的事情呢？對了，那是因爲我有那一群對我來說很重要的孩子們。我還有重要的事情要做，普魯托就這樣讓他去了吧……」

這一段描寫得相當好。

人類是相當擅長自我解釋的動物。也是唯一會自我解釋的動物。

我們在做一些卑劣的事情時，往往會替自己尋找合理的藉口——最好還是高尚的藉口，讓自己覺得好過，做得徹底，甚至會覺得自己才是對的。

艾普希隆當然是個善良的機器人，但是在沒有第三者目擊的深海現場，他還是對普魯托生出陰險的念頭：「在深海裡發生的事，沒有人知道！」

但即使不會有人知道，艾普希隆還是爲陷害敵手的自己找了一個完美的藉口：他有一群需要他溫暖的孩子們，所以他不能戰死。何況這一場戰鬥也不是他找來的，爲了孩子而活下來，即使用的是卑劣的手段，卻是「必要之惡」！

手塚治虫對人性的這一段的敘述，眞精采，所以我向讀者推薦了這一本漫畫。

不過，最後艾普希隆在聽見普魯托的不斷哀號後，還是心軟救了普魯托，展現了機器人高貴的情操（注意！對艾普希隆來說，榮譽感是其次，但見死不救就是關乎良心的事了）。

只是娘砲又心軟的艾普希隆還是死在普魯托的賤招之下，我感同身受，話說新店高中到底要不要請我去演講啊？我很樂意不收費，再加碼捐一萬塊當清寒獎學金耶。

唉，好人不長命，所以我常常做一些賤賤的事平衡一下我的人生。

打完收工。

對了，有誰可以推薦台北國裡面，有哪一間牙醫診所的植牙技術不錯的嗎？（植牙技術好＝植牙不會痛，謝謝！）如果醫生是個超級大正妹的話，那就更完美了科科科。

她很愛睡在我的胯下！

2009.12.31

新年，新希望——希望「那些年，我們一起追的女孩」電影開花結果

又到了一年一度亂講大話的時候了！

二〇一〇年唸起來滿彆口的，但還是要許願，「世界和平」這一種悲天憫人的願望我許了也沒用，歐巴馬跟賓拉登跟金日正三個人手牽手一起許比較有搞頭。「神啊！讓我長高吧！」這一種願望好像屬於不切實際的幻想，「禁槍」這種願望感覺太悲壯，「拜託學校的老師不要討厭我」這個願望的期望值又其實掌握在各位同學的手上……

回顧一下自己去年的網誌，二〇〇九年跨年時好像滿隨便的，沒許什麼具體的願望，畢竟大部分我想做的都可以靠自己的努力完成，拿來許願的話有點太浪費願望的額度哈哈哈！

可是在即將邁入二〇一〇年的此刻，想到未來的一年裡我想達成的事情裡，有一些實在不可能靠我一個人幹到底的努力就能成功。如果可以許願……

我真的很希望電影「那些年，我們一起追的女孩」可以順利在二〇一〇年的五月開拍，在我最愛的彰化，在我最愛的母校精誠中學，大家在愉快的氣氛中完成，然後漂亮地後

製——上映。

拍電影，不敢說是我的理想或夢想，我只是樂在其中。但我也不只是想享受拍電影的種種過程，我也希望能夠拍出好作品，我的劇本已經寫到了四稿，今天晚上我會開始修稿到跨年，劇本非常好笑跟感人——比小說好看很多！（身爲小說原著、編劇與導演，講劇本比小說好看完全沒有問題啊！）劇本很棒，過了今天晚上還會更棒，導演我一個人不行，不過在雷孟與廖明毅的幫助下，電影一定會很好看。

選角等部分，收到了很多網友跟經紀公司的報名，也通知了某些人過來試鏡，另一方面我也沒放棄尋找明星加盟，最後誰演柯景騰，誰演沈佳儀，目前都還是最高機密，等能講的時候我再好好地說。這陣子大家都在問我這個問題科科科，希望再過兩週所有的角色都能到位！

無論如何，我希望電影能得到大家的祝福。

拜託。拜託……

「嗯。」

小說是我的原點，也是我最珍貴的寶藏，當然也是二〇一〇年的重點！

一月份國際書展，我在春天會出版女孩跟我合作的最新圖文書《吃肉的大象》（非常可愛也非常甜蜜喔！先謝謝Blaze幫我們修圖！），在蓋亞出版社會出版非常機巴的小說《上課不要看小說》（超機巴的小說，請用生命保護它，不要讓老師沒收走！）。

二月份會出版我跟李昆霖合寫的，內含超裸奔與超大便的《在肯亞大便的兩個男人》。圖片很多，猛獸很多，鳥很多，大便也很多，是一本討厭我的人看了之後保證更討厭的一本書，想討厭我的人請千萬不要錯過這本極品！

國際書展也會出版一本算是周邊商品的祕密書，很確定的時候我再說明啦。

三月到七月，我會進入電影的世界，蒸發一陣子。

等我再度出關的時候，我會帶出《殺手系列六》與《獵命師17》。還會有一本由春天出版的短篇怪異小說集（超好看的，不過超好看都是我自己在講哈哈～～）

《哈棒傳奇二》我之前已經寫了兩萬五千個字，本來一年前就該寫完的，卻被「漢寧之亂」打亂心情中斷，二〇一〇一定會把它寫完。嗯嗯，我大前天重看了那兩萬五千字，因爲太久沒看忘了自己寫過了什麼，結果一看，反而笑得我差點疝氣復發。

眞、的、非、常、好、笑！

以上是我一貫的人生玩樂計畫，也像是「自我期許」，但我也有一些小小小小的「願望」額度想要花掉。

我希望三天之內我的落枕就可以完全好起來，我好痛！！

我希望下個月植牙順利，我缺右下方一顆臼齒長達十五年了唉。

哈哈結果肯亞遊記還沒出版！

我希望味丹竹炭水不要因爲我跑去非洲裸奔就取消代言。我很愛喝你啊！

我希望可以代言３Ｃ類的東西，靠我是這方面的愛用者跟專家好嗎。

我希望我可以代言格鬥技……畢竟我剛剛買了拳擊靶座哈哈哈哈哈！

最後，我希望我爸爸的身體可以好很多，媽媽不要那麼累，奶奶保持史上最強老人的身體，兩個咿咿呀呀的侄子健健康康長大，然後把彰化家裡弄得天下大亂。然後大家常常來台北找我。

也希望跟我在台北相依爲命的柯魯咪在我出

門演講或教課的時候，一條狗傻傻顧家不要太無聊，但不可以再肥了。女孩呢，希望可以多愛我兩倍……三倍也可以！

對了，說到教課，我也希望下個禮拜該交期末報告的同學通通都交出來。

注意！

實踐大學的同學注意！

期末作業再說一遍，就是構想一個故事大綱，先寫大綱，然後再用「創意、主題、角色」三元素自我分析你構想出來的故事。三頁Ａ４以內解決，不可以交出厚厚一疊的東西來嚇我。別忘了寫上你的座號與姓名，還有綽號。

希望味丹竹炭水不要因為我跑去非洲裸奔就取消代言。我很愛喝你啊！

一月五日每一個人都要來考期末考，沒考的沒道理會過這一堂課。

由於我們會花一堂課讓同學報告，所以期末考我預計考到十二點三十分，如果你想吃午餐，就邊寫邊吃沒關係，想尿尿的話可以尿在寶特瓶裡，我ＯＫ。

我們一邊考試一邊點名，我會憑對你的臉的熟悉值加一點分數，以紀念你常常來上課的

每次許願，都許一些天下無敵的怪願望

熱情。所以禁止五星級正妹在我點到妳名字的時候偷偷電我，逼我變成那種會上《蘋果日報》動新聞的禽獸老師謝謝！

還有，之前答允我要用個人報告代替團體報告的單兵作戰的同學，下週也要帶過來一併報告，五分鐘解決應該不難啦！不要拖下去我分數會不知道怎麼打囉。

回到新年新希望。

一個人許願相當孤單啊，大家呢？

在新的一年裡，大家有哪些願望，又有哪些是非得戰鬥到底的自我期許咧？

越來越接近倒數了啊！

推薦電影，刺陵

2010.01.06

不得不向大家推薦，「刺陵」這一部非常經典的跨年巨作！

首先，必須說明的一個大重點是，刺陵之所以成為影史上的經典，絕對不是因為周杰倫耍帥，也不是林志玲很漂亮，而是……大家的功勞!!!（我在說什麼啊?!）

這是一個關於冒險的故事，但所謂的冒險不是影片中任何角色的冒險，而是電影公司的冒險——在「阿凡達」、「福爾摩斯」與「十月圍爐」的環伺下上片，絕對是一場華麗的大冒險！

男主角表面上是周杰倫（我的偶像，眞的是我的偶像，是眞的！），實際上周杰倫只是負責串場，巧妙地襯托出其他演員的功力。這樣的表演可謂最高境界，也是一個專業演員不居功的具體表現。

女主角是台灣第一名模，林志玲，很正，短短兩個字的對白：「可怕！」簡潔有力地表現出她的可愛。其實「可怕！」是多麼平凡無奇的兩個字，但到了林志玲的口中，威力如廝強大，讓我想起了契丹族的民族英雄蕭峰蕭先生。

江湖上販夫走卒都會使一套拳法「太祖長拳」，毫無神祕，竅門人人皆曉，但這套拳法到了蕭先生的手上，他靈活運用，加上內力深湛，竟變成了天下無敵的太祖長拳！「可怕！」短短兩字，極有效率地讓林志玲的演技在瞬間傾瀉而出，且短短二十秒內連說了兩次「可怕！」更是完全吃定了阿宅的市場。

據「國際票價委員會」的消息來源，林志玲這一句「可怕！」至少佔了合理票價的三成。

不過俗話說得好：「凡可愛之人，必有可惜之處。」

林志玲仗著自己正到超凡入聖，完全沒有露，完全沒有露，完全沒有露，完全沒有露，完全沒有露，完全沒有露，完全沒有露，完全沒有露，完全沒有露，完全沒有露，完全沒有露……完全沒有露，完全沒有露！

那種感覺就好像用筷子挾起了一塊上等的黑鮪魚生魚片，送入口中時卻發現這塊生魚片溫溫熱熱的，吞不吞？

吞，是一定要吞的，因爲很貴，但又相當之不甘心啊！

大陸影帝，超級硬底子演員陳道明，在本片中飾演一個有碎碎唸習慣的考古學者，從一起冒險的摯友手中繼承了長得很像高爾夫球桿的兵器（我懷疑這個兵器是打開古墓的鑰匙），並憑著超強的記憶帶領曾志偉前往神祕的失落古城。

陳道明是一個相當有原則的人，在所有演員都採取即興演出、編劇採取即興寫作、導演也採取即興拍攝的險境下，他依然用最老派的方式詮釋片中的角色，與其說是格格不入，不如說是自成一格。

曾志偉飾演一個意志不堅的尋寶人，是全片裡最矛盾的一個角色。他爲了尋寶，可以千里迢迢從都市綁架林志玲到沙漠（此沙漠究竟位於哪一地帶，完全不得而知，但根據林志玲昏迷再醒來的速度可以推想，這個沙漠距離大都市只有一個小時的車程）。

身爲一個丑角，曾志偉沿途努力不懈地講冷笑話：「YOU NO GOOD！YOU NO GOOD！」終於拿到了一大堆金條後，大功告成之際，卻被陳道明一個老掉牙的故事嚇得拋下金條閃人。導演藉著這個橋段告訴我們，不要輕易被別人影響，凡能成功者，必有堅持到最後的決心——敢堅持，才有價值！（竹炭水快找我續約代言啦！）

導演沒有大小眼，只著重大牌的演出，導演深知「跟班」是本片重要的靈魂。

曾志偉有兩個相當貪吃的手下，大概是我終其一生看過的上萬電影角色裡最貪吃的人物。進到了塵封已久的墓穴後，其中一個手下看到花就伸手拿來吃，吃得自己中毒變成了殭屍!!!

別說墓穴裡的花肯定不是什麼好花，就算是在正常的外面世界裡，會這樣摘花就吃的人也是極其罕見。這樣的人能夠平安活到進入古墓，已經算是賺到了。

雖然扯，但這種扯是一種必要之惡，極度富有教育意義，我相信看過「刺陵」的小朋友一定會印象深刻，從此不敢在外面亂吃東西，比爸媽諄諄告誡要有效一百倍。

「刺陵」也精準地道出少女的心情。

面對當年一走了之的周杰倫，叨叨怒道：「因爲他吃了我親手做的餅乾，卻還是走了，一直到現在才回來！」這一怒，讓可愛的叨叨從此自我封閉，從一個天眞無邪的小女孩，變成一個抽菸姿勢十分野蠻的臭八婆。

切記！不要隨便亂吃少女親手做的任何東西！！

而後叨叨魔性大發，變成了人人畏懼的沙漠黑幫老大，正如風雲所謂：「修道千年，不如一夜成魔！」

這個出場不知意義何在的叨叨，看似深愛著周杰倫，但少女心情多變化，隨後幫周杰倫擋了致命的一刀後，火速愛上了砍她的陳楚河。移情別戀的速度看似不合理，但在現實的人生裡屢見不鮮，本來愛著騎機車的多年男友，在看見有錢公子哥兒從口袋裡不意掉出的藍寶堅尼車鑰匙，便天眞無邪地上了公子的床。

但在片中，陳楚河究竟是哪一點吸引了叨叨？大家都以爲是導演又在刻意留白，錯！已經入魔變成男人婆的叨叨，其實是被陳楚河行爲舉止中的娘砲勁給吸引了，是一種陰陽相吸的自然原理。

說到陳楚河。

陳、楚、河，說完了。

我要特別推薦劉畊宏的演出。

自從上一次在「功夫灌籃」裡演出罹患肌肉強迫症的籃球高手後，我就非常留意劉畊宏在大中華戲劇界裡的表現，這次劉畊宏的角色名稱叫「星期五」——雖然片中沒有一個人這麼叫他，他也沒有自我介紹，但海報上面有寫。身爲一個名字不是很重要的角色，卻擁有全片最亮眼的演出，這就不容易了！

劉畊宏從一出場，就得意洋洋招認他宰了林志玲爸爸的事實，直接破梗的個性的確是相當的man，不留一點曖昧空間，更沒有假惺惺地演好人再來個大逆轉。退場時，更是完全沒有任何的退場，是的，一個鏡頭也沒有，劉畊宏就完全地退場了，沒有交代，也不需要交代，因爲英雄是絕對不會娘娘腔地說再見。

自「賭神」以降，江湖上流傳著一句精采上聯：「龍五的手上有槍，誰都殺不了他。」多年來一直寂寞，無人與對。現在終於出現了這一句：「劉畊宏想走，誰也攔不住他！」可爲下聯。

爲了擔任此一吃重的角色，劉畊宏整整苦練了二十年的肌肉，但爲了角色詮釋上的需求，劉畊宏忍痛包著大量的繃帶上場，一出手就與周杰倫打了個五五波。可說是全片最精采的打鬥。劉畊宏這角色明顯吃了繃帶果實——這個梗我相信沒有人看出來，但我有用心看電影，所以感受到了編劇考據上的用心良苦。

（線索：沙沙果實能力者克洛克達爾先生，在影片一開始就出場過了，敗給了用海樓石磨成的子彈!!!）

話說劉畊宏退場前，目瞪口呆地看著隨著龍捲風出現的黑衣人兵團。

這一大批神祕又貧窮的黑衣人兵團出現，他們以滅掉冒險者一行人爲目的，卻大費周章地用鉤子拆了沙漠裡的客棧，然後用笨重的流星錘試圖砸擊陳道明的吉普車與周杰倫的重型機車，面對曾志偉的炸藥攻擊與周杰倫的霰彈槍攻擊，依然沒有放棄繼續送死，儼然是一場古文明勇敢對抗高科技文明的豪戰，俗話說得好：「既生刺陵，何生阿凡達？」

除了「古代 vs 現代」的戰鬥外，短短五分鐘的戲也點出了兩個問題。

一，導演點出了長年居住在沙漠的族群資源嚴重不足的現象。他們不是笨，而是缺乏取得現代兵器的管道，多年來一直使用比籃球還大的超大型流星錘，也不是他們願意。他們不是笨，而是缺乏做事有效率的正確方法，與其在那邊拆房子，不如直接衝進去殺他一頓。城鄉差距一直是發展中國家最嚴重的社會問題之一。

二，黑心商品無孔不入，究竟是哪一牌的重型機車與吉普車速度如此之慢，會讓馬匹給追上？又或許是黑心汽油也說不定。導演不只反省了此一資本主義劣化的問題，更有追逐流行話題的敏銳度，讓電影更貼近我們熟悉的日常生活。

冒險，當然要有一個目標。

電影中眾人汲汲營營的神祕的古城，眞的是相當的神祕，從頭到尾沒有提到這個神祕的古城是哪一個傳說，也沒說是誰的墓穴，徹底的神祕，比起那些有名有姓的帝王墓要神祕太多了。

進入這個神祕古城的方法也是絕對的神祕，沒有入口，不需要啓動任何機關，更不需要破解謎團，只見一個黑色的龍捲風轟轟轟颳到大家頭上，接著鏡頭一轉，所有人就已經進入了古城內部，省略了很多累贅的過程。（相信我，一路下來看到這個時間點，省略了這些過程你只會鬆了一口氣，盛讚編劇與導演的貼心）

古城裡面的空間很小，大概只有分成「種花區」跟「棺材區」。比起那些動輒密密麻麻的地穴墓場，導演決定將預算省下，集中在……集中在……嗯嗯，集中在更多需要資金的情節上，雖然我不確切知道資金集中到了哪裡，但一定是集中到了讓本片更加經典的部分!!!

古城種花區的部分說過了，就是種一些不能吃的花（不吃基本上就沒事），棺材區就是一個看起來非常不氣派的主棺材（同理，資金也是集中到別處去了），由四個鬼魂一起把守。

這四個武功高強的鬼魂究竟是何方神聖？不重要，因爲他們到底是守護誰的棺木，那個「誰」都沒人關心了，這四個鬼魂到底想怎樣也就沒人在意。不過他們打不過周杰倫，就犯規附身在林志玲身上，這絕對是性騷擾。

至於周杰倫是怎麼打敗四合一的邪化林志玲？說眞的，我完全忘了，我一定是太震驚了，所以失去了部分的記憶。是我自己不好。

神祕古城不只進去神祕，出去也很神祕。只見無肉不歡的陳道明在古城裡笑呵呵逛街，絲毫不理會非常明顯的打烊時間，周杰倫、林志林與曾志偉呆呆地說：「再不走就來不及了！」鏡頭一晃，大家就已出現在古城之外，過程照樣省略，絕對不浪費你的觀影時間。不過，我說錯了，也不是大家都出現在古城之外，像曾志偉就整個不見了，退場的瀟灑程度直逼劉畊宏，終場只留下周杰倫跟林志玲，還有一隻駱駝。

林志玲很正，但周杰倫最後沒有選擇跟她在一起，為什麼呢？

——當然是為了拍「刺陵」下集鋪梗啊!!!

最後的最後，我必須說，導演啓用新人的包容心相當的大！

不只是演員，電影技術人才的新陳代謝相當重要，一直用老班底，等於沒有給新人機會，新人沒有練習的機會，於是燈光師一直都是那些人，音效師一直都是那些人，環境僵固，久了電影也會沒有新意。「刺陵」如此耗資億萬的大片，導演卻願意給新人很多機會，讓我非常佩服！

因為！

「刺陵」的動作指導，明顯是國中生！

願意給予國中生寶貴的機會指導明星演員如何打鬥，導演的氣度可見一班。

看完了「刺陵」，那種飽足感一直到現在還久久不能消退。

獨樂樂不如眾爽爽，推薦給大家，這種大片下載看實在太可惜了，看二輪的也太遲了，一定！務必！千萬！絕對！要去看院線的大螢幕版本的「刺陵」才夠勁啊！

最後，非常期待「刺陵」下集，更期待劉畊宏與陳楚河再度攜手主演！

今天去台南家齊女中演講，超開心的，女中是王道啊！！謝謝妳們識破我的變態，讓我的女生制服收藏又多了一件啊哈哈哈哈～～

2009.02.17

我不崇拜技術，我崇拜熱情——

我的商業化之路

如同標題，我的品味很大眾。

我喜歡看星爺杜琪鋒麥可貝的電影，我喜歡聽周杰倫五月天蘇打綠，我喜歡看海賊王獵人刃牙的漫畫。所以我寫出來的東西，在滿足我自己的創作慾望的同時，自然而然也走到了大眾化閱讀的路線。

我希望我的小說有很多人看，不見得我就會為了要讓很多人看就刻意猜測大家的喜好，去寫出那樣的東西。未免也太小看了我的志氣。

很多人說我很商業化，你們也許以為我會大力反駁，但老實說——我覺得根本商業化得還不夠！！

不夠不夠不夠啊！

七龍珠商業化嗎？海賊王商業化嗎？二十世紀少年商業化嗎？

盡皆非常商業化，我前幾天在日本買了半個行李箱的公仔跟插畫本跟朋友的布面罩，我超爽的，這些周邊商品我都很迷戀，我很喜歡一部作品，也會喜歡從這一部作品不斷衍生出來的東西，我也一直都很期待我的作品可以翻拍成各種形式，與製作出許多連我自己都很喜歡的週邊商品。

比如我很喜歡穿T恤，我便會一直一直製作跟我的作品相關的T恤出來，我愛穿，也愛看很多人一起穿（所以我不在T恤上簽名，謝謝！）。以前這麼做，以後也會繼續這麼做。

我的小說以後要出人物公仔，我也會很興奮。

獵命師正在進行電腦遊戲化，我也熱中期待。

很困難理解嗎？這是最誠實的答案。

詩人鴻鴻跨界導演了電影「穿牆人」，很有才華，但別人不會因為他導演了電影就說他從作家變成了藝人（鴻鴻：我躺著也中槍！）。

我寫大眾小說，想拍的電影也很大眾路線，今天不能因為我導演一部電影有很多人注意，媒體會報導（有導演希望電影默默地上映、默默地下片嗎？），就覺得我像個「藝人」，而不是一個創作者。我講話很好笑，不代表我電影隨便拍啊。

戴著這個面具寫小說，是靈感源源不絕的秘訣

超久了，一直都有人說我很懂得行銷自己。

有沒有想過，也許我只是非常懂得「盡情做自己」？

我的網誌跟一般人類的網誌根本一樣。寫生活經驗，寫今天看了什麼電影，寫晚上跟女友約會發生了什麼趣事。

即使我要廣告自己的新書，我也會大大方方地貼出銷售連結，請大家去買，什麼時候在跟你忸忸怩怩了？這是我的職業，我不僅引以爲榮，還以此爲樂。

回題。

不能因爲這個人很受歡迎，就覺得他一定是個假人，如果他不是整天無所不用其極地「扮成」一個大家都喜歡的人，就肯定是被處心積慮「製造」出來的人。

如果我眞的很懂得「行銷自己」的話，大家應該可以通過很「科學」的方式做出分析，然後複製出另一個很受歡迎的作家吧？

那麼就快點公佈這個公式，提供許多不爽我的作家參考，將大家複製成很多個我出來，不要浪費時間花在「寫無謂的創作」上，豈不是大家一起很開心？

談到行銷自己，很多人都有個幻覺，覺得經紀公司在打理我的形象。幹，這對我的經紀公司是個污辱啊。

我的經紀公司幫助我處理了很多合約上的事，幫我洽談代言，爭取好的待遇，調整演講日期、安排各種採訪時間。可就是沒做過形象維護這種事。

我接受採訪，經紀人在旁邊幾乎沒打岔過，我愛怎麼說就怎麼說，訪問過我的校刊社隨便也有二十間吧？哪一個校刊社社員在訪談我的時候，看過我經紀人在旁邊說過：「桌上有水，自己喝。」之外的話嗎？

常常曉茹姊根本就在房間外面忙自己的事，讓我自己面對訪問。

這樣很好啊，我就是我。

半年以內，我唯一有印象的不過是上上禮拜《明報週刊》的郭記者來訪問，攝影大哥正在拍我的時候，要我笑。

我只會一種笑，於是我抖著眉毛激烈地笑。

曉茹姊忍不住說：「這樣拍，抬頭紋未免也太明顯了吧！」

攝影大哥忙說：「我們會事後修！」

雖然會不會事後修，我也不在乎啊……

反正那些抬頭紋，老早就在我網誌上頻繁出現了啊！

我有喜歡的商業化，也有我不喜歡的商業化。

比如上綜藝節目。

我滿喜歡跟我的女孩一起看「康熙來了」，但我不喜歡去上「康熙來了」。

我喜歡看「大學生了沒」，可是我也不喜歡上「大學生了沒」。

原因是我怕生，我盡量逃避所有需要裝熟裝熱絡的場面。我也沒有什麼八卦可以講，我講話也沒有那麼多梗，重點是我講的話一定會一直被bi bi bi掉。

我都跟我的經紀人講說，如果有專訪，講閱讀的，講特殊經驗的，談人生的，我很願意去，因爲我希望自己可以針對某個話題侃侃而談。

所以我有上沈春華live秀，希望以後還有更多這方面的機會。

2009.02.17

我不崇拜技術，我崇拜熱情——

很多人討厭我

由於某個地方的討論串，我知道很多人在等我回應。幹可是我從日本回來後最近要緊的是寫「三聲有幸」，爲了不浪費字，以下這些就當作是新書序好了。所以我盡量寫得有條理一些。

往往事實只有一個，卻會因爲解讀的人的心態，而有不同的「看法」。

——這一句話可以當作我以下系列文的宗旨。

最簡單的，這一次我將二〇〇五年起我在無名網誌上發表過特別有趣、特別白爛、特別有意義的文章集結在一起出書，還一口氣出了兩本，我覺得相當好看。

但這個時候就會有人猛搖頭，說：「已經發表在網路上的東西，還出成書，簡直是騙錢。」

雪特咧我騙誰的錢？我在書封面上就明擺寫了「Blog亂寫文學」，在網誌上宣傳這兩本書的時候也大大方方寫了，除了浩浩蕩蕩一萬字的序、部分與女孩的閃光文之外是新作品，其餘收錄的文章都已公開發表過。騙了誰的錢？

現在有的新小說我不會放在網路上，直接出成書，一定會有人質疑爲什麼不像以前一樣統統放在網路上讓人看免費的，一定要逼人去買？簡直失了寫作初衷（……你又知道我的寫作初衷？）。

現在我將網誌出版成書，爲什麼就會被說是騙錢？不說我竟然將可以出版成書的文章免費放在網路上給大家看，簡直是太大方?!

雖然我不那麼喜歡火影忍者，不過培恩這句話還滿應景的。

培恩：「總是事出突然，理由卻是事後才加的。」

（培恩這角色我實在看不懂，破解的方法每一回都被找到卻都破不了！）

無限擴大改寫成：「總是個人喜好先行，喜歡與討厭的理由卻是事後才加的。」

是不是更貼切啊。

我行動背後的理由，很簡單。

那就是，以前我是學生，沒有「人要生存」的完整概念，出版社幫我出書的速度又超級慢（寫了一年以上才出版，至少就有五本書是這樣，《異夢》、《功夫》、《狼嚎》、《樓下的房客》、《哈棒傳奇》），所以我將作品貼網路可以最快讓讀者看到、自己也迅速得到「能量」，於是我八成直接貼網路。（等出書是否太慢？）

現在我故事寫完了、改完了、校完了，很快就可以出版，很多人買很多人看，我也有穩定的收入，當然就這樣出版愉快。

當然有些故事還是會免費貼網，比如全部的殺手系列——主要是我開心貼網分享，而不是呼應任何人的要求。

我感覺到，大部分讀者都會理解、並接受我這樣的作法。

也許這也是一種一廂情願的信任吧。

只要是不爽我、又不直接明講的人，硬要拐個彎就會出現很多奇怪的論調。

比如有個作家用很不以爲然的語氣說，我在蓋亞出版社與春天出版社之間跳來跳去，顯然是一個「不念舊」的人，暗指我對出版社的忠誠度不夠。

以結論來說是對的，我對出版社的確毫無忠誠可言，因爲我又不是出版社養的狗，忠個屁？我都直接「講義氣」。

從二〇〇五年開始到二〇〇七年，每年都有超過十間出版社希望我跳槽，或給他們「出一本也好」，我很感謝他們的邀約，但我都沒答應，因爲我很喜歡自己與蓋亞跟春天相處的感覺，以前小說賣不出去的時候，他們願意一本一本幫我出，現在大家願意捧場了，我自然想將成果與他們一起分享。這是義氣。

去年邀約的出版社少了，有一次我無聊問我的經紀人曉茹姊：「怎麼都沒人在邀了啊？我在兩間出版社出版，看起來不是有隨時跳槽的可能嗎？」曉茹姊說：「才不會，你怎麼出書都在這兩間出版社裡跳來跳去，久了，別的出版社只會覺得你對他們超忠心的。」

話說我的讀者可以自然發現我在這兩間出版社之間的「配書」，自有我的一套邏輯。撇開配書的邏輯，到底是什麼心態會讓一個作家去酸別的作家「不念舊」？怪得要命。

有的人公開質疑，或暗暗不爽，認爲因爲我的存在，大家都只看我的書，讓許多其他很好的類型作家遲遲冒不出頭。

約兩年前吧，我跟幾個作家私下約一起吃飯，我笑著鼓勵其中一個作家。

沒想到那位作家用我無法解讀的語氣說：「可是，我覺得現在大家都只看你寫的小說。」

我愣了一下，然後有點難過。

〈詳情請參考：〈不是滋味的滋味〉http://www.wretch.cc/blog/Giddens/5641546 〉

這也可以構成度爛我的原因？

我可能覺得全世界就我最厲害嗎?

以下也不是第一次講了，許多公開演講裡，我至少講了五十次以下的話：

「你問我厲不厲害?

我會說是，但比起厲害，我更幸運。

爲什麼?寫作很多年後我才被這個市場認同，乍看下好像很不走運，可是台灣還有許多很好很棒的作品，有很多很厲害很努力的作家，可經過了很多年，他們還沒有被市場看見。

比起來，我終究可以站在衆所矚目的聚光燈等下，眞的非常非常幸運。

可聚光燈打是打了，有一天也許會移開。

我想一直一直這麼幸運下去，所以我會繼續努力下去。」

把本土類型小說家無法出頭天的因素，怪罪到我身上，或是怪罪到近幾年翻譯小說行銷能力太強，是不是不大公道?而且也不見得符合事實。

我很欣賞的作家星子，持續不斷地開展新的作品，隱隱有大將之風。御我也擁有非常多非常多的讀者，象徵另一個閱讀世代的崛起。橘子的小說越來越暢銷，蝴蝶也越來越暢銷，既晴始終很厲害，蔡智恆依舊笑咪咪在寫，Lowes據說受到我的影響，開始拓寬他的寫作路線……

我不崇拜技術。

我只崇拜熱情。

我從來不扛任何意識形態的大旗，我也不打算拯救什麼文學，或誤以為自己肩負了某種書寫的責任，那都是假的，大便之類的自我抬舉──那才是詭異的自我行銷吧。

我的寫作，一向都是我自己一個人的戰鬥。

只是很希望我的戰鬥可以帶來很好的副作用──帶給大家生命的勇氣。

有慣例，當然也有讓人窩心的特例。

就在二〇〇七年十月，《依然九把刀》這一本書剛剛發行之際，我在旅館裡轉電視，正好轉到公共電視一個談話節目，由蔡康永訪問金石堂行銷總監盧郁佳，聊到最近一年閱讀風氣的特色。

盧郁佳先說了一大段翻譯小說依舊很強勢的話，然後就說到了「九把刀」這三個字。我虎軀一震。盧郁佳是一個作家，通常……通常從另一個純文學的作家口中提到我，多半都會說一些九把刀擅長自我行銷之類的話。

所以我瞬間就做好聽這些批評的心理準備。

沒想到，盧郁佳說：「九把刀跟蝴蝶，都是在網路上熬了六、七年才開始竄紅的作家，他們都很認眞努力，我希望他們走紅的時間，至少可以跟他們努力的時間一樣長，或——兩、三倍。」

當下我眞的是十分十分的感動。

算個短結吧。

本來就打算討厭我到底的人，即使我這一篇文章誠懇無比，也會因爲我說得振振有詞，反而加大了討厭的能量。

怎麼辦？

那就繼續討厭啊。

我寫這些，本來不打算逆轉自己被一些人討厭的狀態。

只是可不可以單純一點罵我幹叫我去死，不要用亂扣帽子的方式啊？

（相關文章請見：〈林志穎與周杰倫〉http://www.wretch.cc/blog/Giddens/4371282）

這頂帽子我很愛，在原宿買的，可我去新加坡參加作家節的時候弄丟了這頂帽子，很惆悵，很幹，有人可以幫我再買一頂嗎？

2009.02.17

我不崇拜技術，我崇拜熱情——

千陽號

這是這系列最後一篇文。

許多人討厭我，我不想干涉，或講一些請接受我的澄清之類的屁話。

因爲許多人覺得我很度爛的原因，我自己也老早明白——不就是：「這個傢伙未免也太自大了吧！」

對啊。

這是我的人格特質，我媽生給我的，我除了拿來自爽外沒拿這一點去害過人、壓過人、欺負過人，我藉此過得非常快樂。深層原因還請見——《人生就是不停的戰鬥》＋《不是盡力，是一定要做到》作者序。

我很平凡慵懶，不感興趣、提不起勁的事相當的多。

不過我對懷抱眞正熱情的東西，我是徹底的實踐派。

去年我開始到實踐大學教課，教劇本與故事創作。

雖然班上正妹沒有我想像中的多，裙子也沒有我想像中的短，男女比例也沒有我想像中的一比一百那麼爽，可是我非常認眞在看待我的課。

學生上台報告，報告的結果若不理想，我不會敷衍地說：「下次不妨認眞點，資料可以再找多一點。」之類的屁話。

取而代之的，下次上課的時候，我會重複報告一遍我要求學生報告的東西。比如我要同學報告「周星馳電影的特色」，原以爲會很精彩，結果很不精彩，於是我乾脆下一堂課，自己又花了一個小時「重新報告」了一遍周星馳。

我相信「人是彼此影響的」。

我很認眞，親自做一遍學生應該做的事，展現態度，學生就會受影響。

於是後面的學生越報告越認眞。

看這個網誌的，也有正在上我的課的學生，我是不是唬爛很容易被戳破。

我不崇拜技術，我崇拜的，永遠都是實踐的熱情。

我喜歡看到自己的作品正以我信仰的方式迂迴進步中，但進步不是我最渴求的，因爲我知道只要我不斷進行寫作這一件事，說故事的「技術」就會增長。

然而我最在乎的，還是「熱情」。

兩者得以兼具，多好。

無法兼俱時，我絕對選熱情。

有些人擅長站在文化菁英的角度，從文學的「深度」去質疑我的存在價值，這些文化菁英使用的「測量標準」從馬奎斯、張大春、駱以軍、白先勇一直到終於通過嚴肅文學界「認證」的金庸。

這些測量標準老實說眞是對剛滿三十歲的我太恭維了，也許我該謝謝你們用的測量標準那麼高檔ㄎㄎㄎ。

完整引述我將碩士論文改寫而成的書《依然九把刀》中，最後一段話：

不論是實體書或網路書寫，都是金字塔的結構，菁英總是極少數的存在。

也因爲網路的自由是這塊虛擬空間最大的美好，最不必要的就是打著文學革命的大旗幟，欲發動精緻書寫、精緻閱讀的集體活動，如「救救文學吧！」或「我們才是文學的未來！」之鳴，那種樣子，與其說英勇，不如說自以爲是。

要促使、或保留促使學生讀者「跳躍閱讀」的可能，前文已提過，最老套的做法是提升讀者的文化資本。

但要等多久？能有什麼實際的教育策略？

省省那種中產菁英式的焦慮吧，我想眞正實際的做法，就是作家自己回歸自己的靈魂，努力創作出足以勾引不同閱讀板塊的好作品，讓閱讀愉快地跳躍，爲「好到無須定義的作品」跳躍。

最後，我想跟文學菁英分子的那些人說：「放任對於這樣大量的、隨興的、輕鬆不求進步的書寫，就是最簡單的，對網路大眾書寫文化的尊重。」

我喜歡寫故事，我就一直寫故事。

我不會因爲你想要看白先勇的小說，我就去模仿白先勇寫故事的方法。

也不會你覺得張大春是王道，我就去看張大春的小說臨摹氣味。

也不會因爲你覺得三年寫一本書才有粹鍊的感覺，我就來個故意寫很久。

每個人都有不同的寫東西的狀態與喜好，眞的創作人的話，就該曉得很說事跟一個人的習癖大有干係。

我是寫得越快，表示狀態越好，於是就寫得越好的那一型。

如同我以前說過，台灣已經有一個駱以軍了，所以不需要第二個駱以軍。

我只想耍好自己的九把刀。

（全文詳見〈耍好我的九把刀〉http://www.wretch.cc/blog/Giddens/4304845）

也許我無法抓出什麼是深度的定義。

更可能的是，我的確可以寫出一段不錯的、關於深度的定義，但這個定義我很清楚只是拿來辯護自己的立場、反駁別人用的，不是我內心眞正的看法。

不過我的確知道……

Dr. 西爾爾克在重兵圍困時舉起酒杯，歡唱大喊：「我的人生，實在過得太充實美妙啦！」

炸藥啓動，雪山山頂一陣驚天動地的大爆炸！

我哭得很慘。那一天我開始蒐集全套海賊王。

貝爾化身成鷹，將大砲彈抓起飛天時，他微笑：「我是阿拉巴斯坦的守護者，大神隼。凡是與王族爲敵者，吾將予以討伐殲滅……」

天空裂開，薇薇公主跪下。

我在租書店裡哭得很崩潰。

悟空走到不斷膨脹的賽魯旁，一手搭著賽魯的肩膀，一手手指按著額頭，笑著對著悟飯說：「悟飯，你表現得很好，很了不起喔……幫我向你媽媽說聲抱歉！」

我就感到一陣難以言喻的惆悵。

湘北落後山王二十分、球隊瀕臨絕望時，櫻木花道捲起紙筒，大踏步跨上裁判桌，大聲對觀眾說出逆轉宣言時……

「塞在你們漿糊腦袋的那些常識，對本天才不管用——因爲我是門外漢。」

我的鬈髮簡直快衝成直髮。

逼近零秒時刻，流川快跑上籃，澤北躍起準備要蓋火鍋的危急瞬間，櫻木站在一旁，打開雙手淡淡然說：「左手只是輔助。」

我的眼淚灼熱地掉了下來。

我心底受到的感動，到底是不是有深度？

這分激烈又衝撞的感覺屬於我自己，不會假。

你要冷言冷語說：「不過是漫畫，又不是經典文學名著。」

我不會反駁，因爲它們的的確確都是漫畫。

但它們都是我生命的一部分。

江山代有才人出。

每一個崛起的作家都有他的時代意義，也是許多人的共同記憶。

雖然同時得到了許多不屑，但我眞的很高興、也很榮幸自己能夠成爲許多人唸書抽屜裡、當兵衣櫃裡的共同回憶。

一連串的討論中，我看到有讀者說他曾經將我在報紙上發表過的文章剪貼收集，還請我簽名（我記得這一件事。這麼做的讀者，我遇過的僅僅三位而已）。後來他在網路上寫，他唸了某大學中文系後，由於周遭的文學氛圍的特殊壓力，漸漸不敢說他喜歡過我寫的小說。

我不禁想到，上上個禮拜，宜蘭高中校刊社採訪我時。

有一個學生問我：「有沒有看過瓊瑤的小說？」

「只有一本，是在我國小的時候，我媽買了一本《六個夢》，我看了，還不錯。」

「瓊瑤現在不紅了，你會不會擔心有一天你也會不紅了？」

這個問題，大概每次採訪我都得回答一次。

可那一次，我想起了我對《國語日報》記者說過的一段話。（《國語日報》的蔡記者的

採訪，是我覺得最近一年寫得最豐富完整的）

我對那些學生說，我很喜歡漫畫《海賊王》。

有一段黃金梅利號因受損嚴重，無法繼續航行，魯夫決定在大海火葬了它。

魯夫舉起火把。

「梅利，海底很黑，也很寂寞，所以我們要爲你送行。」魯夫這麼說。

草帽一行人各自懷念與梅利號的共同記憶，旁觀的我也無法克制地嚎哭起來。

後來在悲傷的大火中，黃金梅利號的靈魂竟然說話了。

「對不起。本想永遠和大家一起冒險的。但是我……很幸福。」

草帽一行人先是震驚，然後是英雄淚決堤。

「大家一直很愛惜我，謝謝。我……眞的……很幸福。」梅利號微笑，消逝。

也許你曾經喜歡跟朋友聚在走廊，七嘴八舌討論九把刀小說的感覺。

也許你曾冒著被沒收、被罰站的危險，在抽屜裡偷看九把刀的小說。

也許你在當兵站夜哨時，無聊到拿起同袍借給你的九把刀打發時間。

謝謝。

也許有一天你不喜歡了。
也許你甚至覺得說出來很可恥，覺得幼稚，覺得以前眞是不懂文學。
也許你連點一下無名刀版，看看有沒有免費的垃圾文可以看都不屑。
也許。
也許。
也許有一天你雖然不看了，也會記得微笑，一把火爲我送行……

我有我的志氣。
縱使我可能已是許多人記憶中的黃金梅利號，但我更想藉著熱情慢慢進步。
成爲千陽號，繼續載著更多人航行到下一站的故事。

所以我想改寫一下櫻木花道的熱血名言。
所謂文學深度、文筆境界、華麗詞藻……那些塞在文化菁英腦袋裡的文學常識，對我來說，統統不適用。

——「因爲我是門外漢嘛！」

我真的很喜歡收到讀者的手寫信

2010.01.30

這幾天我密集收到很多讀者的手寫信，其中有幾封信透露出這是一個學校國文課的作業，老師要學生寫信給喜歡的作家，看看能不能得到作家的回信。

有回信的話，國文成績可以加分！

雖然我整個很忙沒時間回信（對不起啦哈哈！），但我其實滿高興的。

每次我收到來自讀者的手寫信，不管是在簽書會上或是演講結束時直接拿給我，還是寄到出版社要求轉寄給我，我都很開心。

每一封手寫信都確實地收在我衣櫃的布箱子裡。

有多開心呢？

主持人小潔是大正妹！

我說個故事好了。

四年半前某天的下午，我特別從彰化開車到台北，參加一個官網網友幫我辦的慶生會。

雖然是我的慶生會，但我當時的心情很差很差，狀態只比喪屍還要好一點點。

因爲我失戀了。

每天醒來都不想下床，因爲下床也不曉得要做什麼，渾渾噩噩下床後還是有氣無力，去小攤子點東西吃，要吃魯肉飯或是雞肉飯也沒有想法，要不要加蛋也沒差……

我喜歡收到手寫信的感動

老實說我不想去慶生會，一方面從小到大我都沒有開慶生party的習慣，另一方面，大家都知道我失戀了，所以一定會安慰我，可是我不想被安慰，被安慰的時候我只會笑笑說：

「沒什麼啦，我很ＯＫ的。」

但其實我一點也不ＯＫ，我只想待在家裡顧影自憐地打手槍射在地板上。

到了慶生會（這個慶生會的實況在《依然九把刀》附贈的ＶＣＤ裡有出現），大家很high，我纖細脆弱的內心世界雖然很不high，但看大家這麼費心幫我準備派對，我還是很用力打起精神跟大家一起玩。

吃過蛋糕（蛋糕抹了我半邊臉），當然就是簽名的時間。

其中有個男讀者拿出一本書請我簽名，他說，那本書的主人沒有來，他是幫忙轉交的，還有一封手寫信要順便給我，是書的主人寫的。

「她是個正妹喔！」負責轉交的男生強調。

「真的是個正妹喔！」旁邊的人異口同聲。

「屁啦。」我肯定是這麼回答。

慶生會結束，我開車隨便找了一間飯店過夜。

印象深刻，睡前我正在房間寫《殺手，歐陽盆栽》，那夜寫的是騙神師父與媽媽桑悲情分手的那一段。

寫了寫，有點想睡了。

躺在床上，我打開那位據說是正妹讀者的手寫信。

信裡說，她本來想親自把書拿給我簽名，但後來跟別人有約臨時沒辦法來，她覺得用轉交的方式不大禮貌（哪會？），於是寫了這封信跟我道歉，並附上了兩顆海賊王包裝的糖果給我吃，希望我開心。

……我覺得，好可愛啊！還糖果咧！

那封手寫信底下，有一串她附上的無名網誌的連結。

隔幾天我無聊照打點了進去，發現……

這個女孩不是漂亮型的，也不是可愛型的，也不是氣質型的。

我是讀者小黑和他女友的月老喔

而是超漂亮型，超可愛型，超氣質型！

我整個被迷住了。

眾所皆知我喜歡在網誌上回正妹的留言，也常常點進正妹的相簿養精蓄銳（我渾身剛猛的正氣，就是這樣來的），在我失戀到六神無主天地孤寂的時候，這種變態大叔的行徑更是我唯一慰藉心靈的方法，But我點過了成百上千個正妹讀者的相簿，雖然有的正翻天，有的可愛到爆，有的很妖艷，有的完全就是美女藝人等級，完全豐富了我無名好友列表的收藏，可是，從頭到尾只有兩個人眞正電到過我。

（對了，我不加男生好友的，畢竟……我幹嘛加男生好友呢？）

其中一個，就是這個寫可愛手寫信給我的讀者。

跟所有阿宅的壞毛病一樣，我看了整個晚上的她的相簿，每一個相簿都點，每一張照片都點，每一張照片都研究很久，看到後來，慢慢有種「我們已經認識很久了」的甜蜜幻覺。

以前我絕對不相信「一見鍾情」這麼色的感覺，但從那一天晚上開始，我完全靠著沉迷在正妹的相簿裡不可自拔，然後愛上了那個女孩。

我變成一見鍾情的信徒。

很快，我失控了。

在確認沒有約她出去我一定會死掉之後，我去她的留言板上留言：「求求妳，求求妳跟我去看一場電影。」

？

我正在構思第三本圖文書了

我真的很幸運，活了二十八年，寫了五年的小說，總算讓「寫小說」這一個才能幫我掙到了一個生命出口。

一個男生大剌剌跑到一個正妹的留言板邀請看電影，成功的機率之低可想而知，被當色狼扣分的機會大到爆炸，老實說我自己也覺得很可恥！無聊男子！變態大叔！噁心！自以爲！

但她說，好吧。

因爲我是她喜歡的作家，於是她給了我比其他男生多一點點的機會。

也許她一開始只是抱著「跟九把刀出去，好像滿酷的耶」的想法，也許她只是想打發一個晚上的時間，也許她只是同情我失戀，怕我眞的會去死，也許她只是單純地不知道怎麼拒絕，更有可能，她只是眞的剛剛好想看那一部電影？？？

不管怎樣，我們出去了。

我們看的第一場電影是「愛狗男人請來電」。

內容是什麼我眞的眞的眞的沒有印象，所以我後來買了ＤＶＤ回家收藏。

後來的後來，然後的然後，我跟我的寶貝，一起創作了我們的寶貝。

面對明天晚上國際書展的簽書會，她眞的很緊張，大家一定要給她很燦爛的笑臉鼓勵鼓勵她喔，如果有什麼不周到的地方還請大家多多包皮，幫我疼一下我心愛的寶貝，科科科科。

（這一篇網誌，完完全全地偏離本來想寫的主題!!!）

2010.02.06

跟女孩的第一次牽手

雖然昨天晚上睡覺前跟女孩吵了一架，很悶，不過來台北的車上反覆聽著電影「忍」的主題曲，還是忍不住很愛很愛她。可惡。

以前在網誌裡說過了，兩人還不熟的話，約會最好的方式大概是一起看電影，看完電影後再去吃個東西，順序萬萬不可以倒過來。「忍」到底是我們一起看的第幾部電影，我已經忘記了，不過這部電影我給一百顆星，合理票價是一百萬。

「忍」在演什麼呢？

「忍」的電影是日本作家山田風太郎的小說《甲賀忍法帖》改編，大意是，伊賀忍者與甲賀忍者彼此相鬥了四百年，勉強在服部半藏（是的，就是《獵命師》裡面的豪爽大忍者！）的調停下牽了和平協議，但後來爲了某個白痴到不行的政治因素，兩族的忍者被迫各自派出十個忍者進行生死鬥，看看最後哪一方生存下來，鬥爭才得以結束。

簡單說，劇情就是「十打十」的忍者戰。

雖然曖昧最美，但我這個人纖細的內心世界相當的急，我一直很怕追不到女孩，寧可盡力縮短曖昧的時間，也想要令每一次的約會，都有一點點小小的進度。

當時我們的進度是，看電影時合喝一杯飲料，理由是：「反正每次喝都剩下一大堆可樂，不如一起喝一杯比較不會浪費！」

有點甜蜜，但這種進度不能停滯太久啊！

在看電影「忍」之前，我就大概知道在演什麼了，就忍者打來打去啊，爲了達到今次約會的戀愛進度，我得好好利用一下這麼簡單的劇情。

「那個，妳覺得最後會是甲賀贏，還是伊賀贏啊？」我吃著爆米花。

「不知道耶。」女孩搖搖頭。

「我也不知道，不過他們應該是一個單挑一個，所以我們來打賭。」

「怎麼賭啊？」約會前期，女孩一直都很順從我。

「就每次他們單挑之前，我們來猜哪一邊會贏，我讓妳，妳可以先猜。」

「好啊，可是我們要賭什麼？」

我們愛的結晶

「……這個，先保密。」我壓低聲音。

「是喔……？」女孩顯得有點狐疑。

之後就開始賭了。

其實電影的邏輯還滿好預料的，這個忍者死，那個忍者等一下又被殺，有的勝負超快，一點懸念都沒有。加上女孩擁有先押注的權利，很快她就以壓倒性的比數贏了我，就算剩下的忍者打鬥都被我猜到了，我也無法扳回。

那麼，我醞釀已久的無賴招數就……

「這是輸給妳的。」

我將我的手伸到女孩那邊，將她的手指扳開，握住我的手。

「啊？」

女孩顯得有點吃驚，脫口說出我永遠都不會忘記的兩個字：「是喔。」

是喔……那是什麼意思？

好像有點不屑？？？還是我的企圖早就被猜中？？？

正當我脆弱的內心世界開始崩解的瞬間，女孩的頭靠了過來。

她用蚊子般細微的聲音在我耳邊，說了超神奇的兩個字：「謝謝。」

謝謝？謝……謝三小？

謝謝我牽她？謝謝我把手輸給她？

我不懂！

不管了，也沒辦法管了。

我牽著她，牢牢的。

眞的不敢放開。

直到她的手心跟我的手心之間已經都握出了汗，我還是不敢鬆手。

生平最膽小的時刻莫過於此，我很怕我一放開了女孩的手，下一次要鼓起勇氣牽住她，不知道又會是什麼時候。現在我能做的唯一正確的事，就是絕對別放手。

「妳的手好軟。」爲了緩和尷尬，我故作輕鬆：「好好牽，超好牽。」

「謝謝。」女孩僵硬地爲我的色狼行徑道謝。

電影散場。

我們將吃不完的爆米花跟喝不完的可樂丟到垃圾桶裡，我還是不敢放開手。

可是等到我們走出放映廳，我感應到女孩的手微微掙扎。

我心中一驚。

「對不起，可不可以鬆開一下？」女孩的表情有點不自然。

宛若五雷轟頂，我有種要從懸崖上自由落體的幻覺。

「我……」老實說我完全忘記我講了什麼，可能是道歉。

我覺得好悲慘，表錯情，完全誤判了情勢。

也許再約十次會，多聊十次天，那時再順其自然地牽手成功機率比較高，現在用這種亂七八糟的強迫牽手策略，根本就太輕浮了不是嗎？

我完蛋了啦！

「不是，我只是想換一隻手。」女孩靦腆地說。

「謝謝。」這次輪到我鄭重道謝。

一直牽著，一直牽著。

小心翼翼玩著她的手指，試著從她的手指反應推敲她有沒有喜歡我。

她的手指很被動，令我捉摸不清，雖然能牽手得逞很開心，但有點心煩意亂。

直到開車送她回宿舍時我也不打算放棄牽手，想說單手也可以握方向盤。

「我眞的捨不得放開，應該說，我不敢放開。」我老實地說：「我怕等一下下車，我要牽妳，妳就不給我牽了。」

「唉呦，我答應你等一下還是可以牽啦。」女孩有點害羞。

「眞的喔？」

「眞的。」

後來，我常常開車到靜宜大學找女孩，只爲了牽一下她的手。

牽一牽，說一下子的話就覺得天下無敵了。

我覺得好幸運。

一見鍾情後我就一直很擔心，萬一女孩的手不好摸，對很愛牽手的我來說，那該怎麼辦才好？畢竟我都中招了，不可自拔了，命運之神才向我宣布：「不好意思，這次是一雙很難摸的手！」那我只有含淚接受的份。

幸好擔心是多餘的。

女孩的手眞的好好摸，是頂級的美女的手喔！

頂級的美女的手喔！

因為我媽媽說我怎麼一直沒更新，所以亂更新一下！

2010.02.14

喔喔喔喔喔喔因爲噗浪太方便了，加上忙著演化電影劇本，所以網誌就疏於更新啦！

今年大年初三我們全家開車到墾丁玩，塞車只塞了一點點，好險，大部分的時間都滿暢

快的，過年期間墾丁人很多，超有過年的氣氛啊～～～

我們算是老弱婦孺團，所以不會去玩漆彈或是卡丁車那種操勞臂上線的活動，大部分時間都在悠閒晃來晃去，不過海生館雖然去過了還是要再去啦！（恰巧都避開了塞車路段，爽！）

兩個小侄子是家族旅行的主角，任何時間，每個人都想玩他們兩個，非常受寵啊，不過我們家不會把他們寵成銳寶貝科科科～～～

女孩這一張很電，電死我囉～～～～

Umi很開心

其實都焦了

Nami比較害羞

去天然沼氣（忘了地名）區烤爆米花，如此鄉民的行爲，我們家當然沒有錯過，不過我弟把他那一份爆米花烤到整個燒起來，算是白痴了。

台灣人眞的很好笑，我也是，到了那種地方，不是烤番薯，就是烤爆米花，還有人烤蛋。

靠眞的是太愛吃的一個種族了，完全沒有人在那裡研究自然科學。

不過我媽叫我一定要寫的是，滿州鄉鄉公所造的這一座橋，實在是太唬爛了！

這一座橋每過一次，一個人要收十塊錢，十塊錢是不多啦，可我們家八個人過橋就要八十塊錢，折合四根冰棒了說，但過了橋，我們可以看到三小呢？？？

請看！

沒了，往前走也是差不多的樣子，幹眞的是太黑心了啦！堪稱是墾丁最黑心的收錢景點啊！

無言的過橋風景

我在橋的回端吃了一根冰淇淋，至少聽了三十幾個從橋那邊回來的遊客大罵滿州鄉鄉公所沒品，明明什麼鬼東西也沒有竟然還敢收錢……實在是掃興啊。

ＰＳ：報告媽媽，我寫功課了科科科。

家族旅行實在是很棒啊，尤其晚上我打麻將贏了五千四更是加分。

話說好像每次家族旅行我都在寫劇本的樣子，上次我們全家去峇里島度假，我在寫「三聲有幸」的電影劇本，這一次我則是在修改「那些年，我們一起追的女孩」的劇本，第七稿了，7.2的版本我自己相當滿意啊！

女主角也大概確定了（正到鏡頭也會暈啊），男主角希望這個禮拜能夠塵埃落定，我與電影之間戰鬥才剛剛開始……

開學了，雖然我們有三種白爛封面可以掩護你——

But !!!

上課還是不要看小說啊!!!

白爛透頂，上課不要看小說
三種超白痴假書封面，隨機贈送，首刷限量喔～～

2010.02.27

講一點打棒球的趣事好了

我很喜歡打棒球，但一直打得很爛——這絕對不是謙虛科科，只不過熟能生巧，自從我迷上棒球打擊練習場後，三不五時就會去練打，打了將近五年後我終於開竅（尤其最近三個月變得比較密集），開始出現手感這種微妙的東西，對一百二十公里跟以下的球速的球打得滿有心得，有了成就感後，常跟我一起去打棒球的該邊建議我，不如買根木棒，打起來會爽很多，於是我就花了兩千六百塊錢，買了生平第一根木棒，靠結果打起來眞的超級爽，那種擊中球的「抽動感」很有生命力，聲音也變得很紮實，心想這兩千六百塊錢花得眞值得，早該買木棒了哀哀唉哀哀哀我怎麼會拖那麼久!!!

我一路從九十公里、一百公里、一百一十公里，一百二十公里打上去，越是感受越是興奮，正當我爽得要命時，我科科科地拿著新木棒站上時速一百三十公里的區域，挑戰一下，結果打沒十球，幹我的球棒就斷了！

斷了！

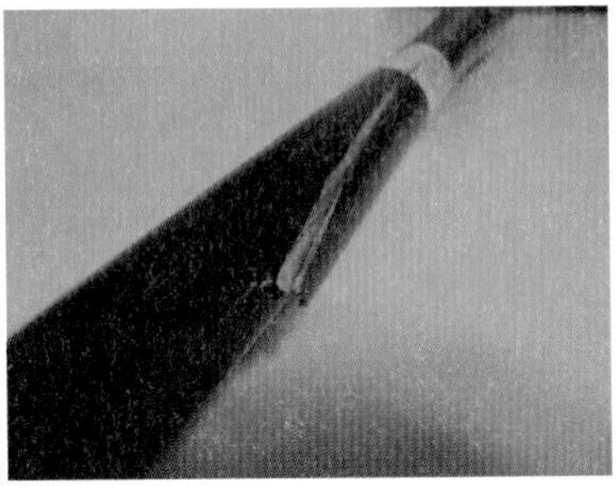

唉唉。

唉。

兩千六百元瞬間就被我花掉了！

雖然很度爛，不過擊斷球棒的那一球打在靠近手的部位（不好的位置，擊球點爛），加上我無論如何都硬是要揮出去的力量，就爽朗地斷了，好像也是理所當然的壞運氣，問題是，才買第一個晚上耶？才打不到兩百球，就給我硬生生打斷了，讓我滿肚子火大——不過這一次我有記得立刻笑，而且還笑得滿久了，畢竟第一次買木棒，第一天晚上就斷掉，用來嘴砲絕對是一件很爆笑的鳥事。

沒木棒，還是想打球，於是我立刻拿起鋁棒繼續打（嘗過木棒的滋味，忽然覺得鋁棒的觸感很寒酸），打的是時速九十公里的慢速球。

打沒幾球，正在我左手邊打球（一百一十公里）的該邊忽然大叫一聲，跪在地上，我覺得有點無聊，畢竟打棒球不小心打出擦棒，球彈在地上或飛到天花板上，再反彈打中身體也是常有（我常被打到後腦勺靠），但痛一下就好了，沒必要跪在地上哀號，浪費不斷飛過來的其他球不打吧？？？？

「怎麼了？」我問，繼續打。

「反彈，打到懶叫。」

該邊氣若游絲地說，一邊跪在地上，遲緩轉身推開門，用爬的離開打擊區。

原來是打到懶叫!!!

後來該邊用屈辱的姿勢，慘白著臉爬到櫃檯，要了一大袋冰塊，塞在飽受攻擊的兩股間冰敷。

那一天晚上該邊一個球都沒打了，因爲他眞的眞的非常的痛，據受害者該邊指稱，那一顆擦棒球擊中地板後，便直接往上衝，避開防禦性不弱的龜頭，狠狠地，毫無阻攔地，囂張冷笑地擊中該邊的睪丸!!!

這種毫不廢話的攻擊，每一個男人都承受不住的，我握著價値○元的前兩千六百元斷棒，看著不斷冒冷汗死白著一張臉冰敷龜藍啪火的該邊先生，我深深覺得——

……我寧願斷棒，也不想睪丸被球打到啊!!!

跟我哥哥一起看到大聯盟的豪華球場，心中就一陣爽啦！

後來，隔天我又買了一根木棒，這一次我買的很便宜，一千六的竹棒，比較不容易斷，可是手感同樣的好，不禁覺得前一天晚上我買貴了。

用木棒打球有了個好處，就是我會很認眞打，想辦法把球擊在所謂的「甜蜜點」（木棒的前端），如此球可以飛得又直又遠，木棒也比較不會斷掉，我的手也比較不會被震傷或扭傷。

這一根竹棒跟我相處了約兩千一百球後，於昨天晚上正式斷掉了。

這一次我覺得……可以接受得多啦！木棒原本就是消耗品，打斷是遲早的事。

只不過斷了，就等同要花錢重買一根，嗯嗯嗯嗯嗯嗯我想這就是曾經滄海難爲水的道理啊……

這是我的專屬球衣喔，Giddens，9號！

深夜的一點動力

2010.03.22

最近有點心浮氣躁，電影的進度有點卡住，（很多來我的公司試鏡過的人私下寫信問我，目前答案都是不適合）小說的部分也因爲籌備電影的關係卡來卡去，無法推進，甚至換了題目。

如果電影如先前所預期在五月開拍多好，此時的我該是非常忙碌地、甚至是慌亂地一連串開會。

改在七月，變數往後一拉，又是變數加上變數。

網誌有出現想寫點什麼、但每次要寫都覺得該把時間拿去改劇本，於是就掠過不寫的狀態，這麼說並不是指我非常認眞地做一些很正經的事，ＮＯ，很多時候我根本也就渾渾噩噩地放過了自己，一事無成過了一整天，全身充滿了虛度的挫折感。

大概只有去棒球打擊場打個三百球流個汗，可以讓我出現「今天還不錯！」的錯覺，可以說目前的我呈現出過去幾年都不曾出現過的某種混沌困局，此時的自言自語大概也是出於一種無奈的自我解釋。不是說給你們聽，而是寫出來讓自己稍微放鬆一下吧。

這其實也是一種錯覺。時間應該做更好的分配。但我一向不分配的，過去我只是順其自然地揮霍時間在我喜歡的事情上，所以即使出現偶爾的墮落也當作是英雄的休息，不會很在意甚至我也很需要這樣的頓號。

不需用別的名詞美化，我現在的狀態就是個廢。

我絕對不是個好榜樣，每次想到有人將我當作是某種精神領袖或是楷模什麼的，就覺得不可思議。明明過去在學校的時候，我就是在教室後面牛蹲的先發。

常常人們會過度解讀一件事或對一個人的評價，我喜歡寫小說所以就一直寫一直寫一直寫，並不代表我可以因此成爲司令台上的表揚名詞。我不會假裝困惑因爲我知道這就是人類社會的某種常態。吧。大家對成功的定義跟我顯然不大一致。

表面上我過得很有理念但其實我只是照著自己的本性活著。大概是一種巧合但更像是一種牽強附會。有時候我也以爲自己很有理念，不過那種快樂的感覺又讓我覺得自己過太爽沒有煎熬困苦的感覺所以大概跟理念理想那種很革命的滋味相差很遠所以不會是吧。

被喜歡當然是好事，但因爲這樣的一直被很多人過度誇張化優點而喜歡，所以必然招致某些人算是沒有來由的討厭也就可以預期了。可以預期不代表欣然接受，雖然不欣然但總是可以列進接受的範圍，立場交換說不定我自己也就是那種無端討厭別人的人吧。

其實我寫這一篇網誌本來只是想推薦一下一張老到爆炸的專輯，趙傳的「約定」，大概是我高一、高二時候的好東西，當時是卡帶，我反覆聽著每一首歌，後來我在網路上買到了二手CD版，很開心，於是同樣在車上反覆地聽。這是一張十首歌都可稱爲經典的好專輯，很多首歌都相當勵志，足以振奮精神，每次聽都有神效，燃起鬥志之類的，眞的，想成爲海賊王的人也可以聽一下。

這幾天在創作上形同廢物的我該是時候拿起它放進音響裡燃燒一下，否則大概要等魯夫醒來我才會跟著醒來吧？？？

明明這張熱血專輯就放在距離我不到三公尺的地方，但我好像就是搆不著，太可怕了這種離奇的惰性。

廢物當久了只會一直沉淪下去而已，什麼道理我都懂，況且這也不是什麼很超級的大道理，但懂了也未必有力氣把事情做對，這就是人，人是這樣的嘛。

如果跟女孩大吵一架也就算了，廢就可以找個理由，心情欠佳之類的暴走，可惜我們最近相處得異常的好，好到足以讓我想東想西。所以構成廢物的理由無法外找，心魔吧，不過我哪來的不快樂啊？我自己也很懷疑。說到心魔，其實我前幾天才去行天宮拜拜的啊還有收驚耶。

暗暗吃驚自己終於將網誌亂寫成只有自己才看得懂的模樣。那就打住吧。

萬一我明天比較不那麼廢了我想認眞對台南女中表示一下敬意，妳們實在太酷了。有朝一日妳們邀我去演講將是我最大的榮幸，我非得收藏到妳們誓死捍衛的短褲不可！

睡覺去，明天醒來後希望可以結束我廢物般的生活。

努力比較適合我。眞的拜託了明天的我自己。

這才是我的悟空妹嘛哈哈哈哈

2010.04.05

不要為了心愛的人，放棄你心愛的夢想

前天接受學生訪問，第一題就問我：「請問成爲作家後，什麼事最令我困擾？」

我苦苦思索，竟然沒辦法作答，最後鬼扯一通：「沒寫東西就沒錢賺，收入不固定。」

但我的內心世界其實覺得這也還好。說眞的我覺得自己沒有什麼好抱怨的，完全就是很滿意我充滿創作力的人生，一輩子持續不斷寫作下去是我的夢想。

那麼我們開始了。

有一個很畸形的問題從我國小被問到現在：「如果你媽媽跟女朋友一起掉進水裡，只能選一個的話，你要救哪一個？」後來這問題在漫畫《獵人》的第一集拿去當作獵人考試的初階選擇題，酷拉皮卡認爲沉默不答才是正解，而小傑認眞思考後則說他無法決定……可見這個問題有多爛。

跟大家一樣，我很喜歡看電影，也很喜歡看漫畫。

跟大家稍微不一樣的是，我也很喜歡打棒球，此外也很喜歡寫小說。

若被問到：「這輩子只能選擇看電影或看漫畫，你要選哪一個？」我會很煩，因為看電影實在是無與倫比的享受，但要我為了看電影，放棄看《海賊王》後面的五百回至結局、放棄看《獵人》後面的……（請問還會有一百回嗎？）結局（眞的會有結局嗎？），我又捨不得。

最後我只好選擇打你。

要是這一題：「這輩子只能從寫小說跟看電影裡選一件事做，你要選哪一個？」這一題說眞的比較好選，因為不寫小說我就沒收入，沒收入就萬萬不能，更別提去看電影。

所以我會選「寫小說」，但還是會打你。

至於「打棒球」跟「寫小說」兩者擇一，我會選寫小說，理由同上。

不過還是要打你——因為我打棒球打出心得了，以前我都會說雖然我很喜歡打棒球但打得很爛，可我沒事就跑去打三百球的結果，即便是肢障也該熟能生巧了，我最近已經練到打一百三十公里的球打得得心應手，雖然打魔王王建民是沒辦法，但應付曹錦輝跟張誌家跟許文雄應該綽綽有餘了。

用幽默感回答問題是一回事，可仔細思考問題後，卻會發現我根本不想做這樣的「喜好交換」或「僅能擇一」的選擇。背後還有很嚴肅的自我反省。

若把問題改成：「愛情與寫小說之間僅能擇一，要選哪一個？」我該怎麼辦？

這個問題其實很機八，因為它根本就是個道德問題。

要是我選擇了寫小說，我豈不是變成那種為了自己的利益犧牲家庭犧牲幸福不懂人生意義盲目追尋最後只落得一場空的自私鬼？

但要我選擇愛情，選擇跟心愛的人共渡一生，代價是從此不能寫作，我真的願意嗎？

回答問題的時候，也許我可以假惺惺地說：「我願意，因為妳值得。」讓我的愛人開心，讓提問的人覺得我是個很nice的人，但我真的是這樣想的嗎？

前一陣子，我一邊開車，一邊跟女孩聊到這個問題（幸好不是她開口問我）。

我老實地說：「我會選寫小說。」

女孩倒是不意外：「嗯啊，為什麼？」

由於我思考了很久，於是我慢條斯理地說：「我很愛妳，但就因為我愛妳，所以我不想為妳犧牲掉我很喜歡的東西。如果從今以後我都不寫小說了，我一定不可能快樂的，我不快樂，就沒有辦法給妳快樂……妳幹嘛跟一個不能給妳快樂的人在一起？」

這是我的肺腑之言。

我在高中時看過性能力很強的苦苓寫的一篇文章，裡面提到溫莎公爵的例子，讓我印象深刻。不愛江山愛美人的溫莎公爵，爲了迎娶離過兩次婚的辛普森夫人跟王室鬧翻，結果溫莎公爵乾脆放棄王位繼承權，還是要跟她結婚。苦苓說，他們的合照總是愁眉苦臉、沒有笑過，大概不是什麼幸福的婚姻。可以想見他們夫妻吵架的時候，溫莎公爵怒吼：「爲了妳我都可以拋棄王位了，妳還在挑剔什麼？」

苦苓這例子舉得眞好。

也許溫莎公爵眞的會吼出來，也許是在陰暗的內心世界吼出來，也許平常不會發作但有一本日記裡全都用歇斯底里的筆跡寫著一萬句的「吵屁啊！看看我爲妳犧牲這麼多，妳又爲我犧牲了什麼！」

「犧牲太多東西而成就的愛情」，要幸福，眞的好困難。

我是令狐沖性格的人，我是眞的可以不要王位，換取一段珍貴的愛情。問題是不愛當國王的我很愛寫小說啊，創作對我來說就像是老二，我絕對不想爲了愛情割捨我的老二——本末倒置嘛！（學校老師：九先生，請注意你的舉例！）

（九先生：報告老師，我實在舉不出更貼切的例子啊！）

我跟女孩說，不能寫小說的我，在抱抱妳親親妳的時候，一定會偷偷想……妳看妳看，都是我犧牲掉我珍貴的寶藏，我們才能在一起，所以妳一定要更愛我才行。或許是我不夠成熟吧，但我對愛情的犧牲奉獻的確會讓我變得得理不饒人的強勢，十之八九我會使用很多命令句去取代問句。這種強勢的心理對長久的關係一點也不好，很畸形。

不要犧牲太多，還是可以成就愛情的。

如果愛情因此變得比較不協調，那也沒辦法，或者更深刻地說，愛情的不協調與不完美本來就是一種常態。我相信不要犧牲太多的愛情，比較健康，比較平等。甚至比較有愛。

我更相信，女孩非常喜歡那一個熱愛寫作、總是眉飛色舞向她透露小說靈感與最新發展的我，當我手舞足蹈說：「是不是！一定會很好看的！」大概就是我最帥的時候吧。

所以結論是，我都要。

我要繼續寫小說，也要繼續愛妳。

你說，這是作弊，不能這樣選，因爲人生沒有全拿的……

……這樣啊？那我還是打你好了！

說到犧牲就完全停不了，我繼續講下去好了。

我想，一定有很多人終其一生都在做類似的「犧牲」選擇題，越是犧牲，就越是覺得自己偉大。

但有趣的一點是，有時犧牲的底層意義不是奉獻，而是「藉口」。

「家庭」其實是一個很棒的藉口，是一個生產「不能做到某件事的種種理由」的重要工廠。某種程度我們該感謝家庭作爲藉口的存在，因爲我們的能力有限。

偶爾當「臭小子！爲了每天接你放學回家，我犧牲掉跟同事一起加班的打拚時間，所以才不能升課長！」這樣的句型脫口而出時，我們還會得意洋洋自己偉大的情操，然而事實的眞相很可能是我們的能力不足以升課長哈哈！

甜蜜的一家人

還有很多很多關於藉口的例子。

但不能否認，父母的犧牲主要還是爲了換取孩子更好的成長。

爲了存錢買鋼琴給女兒，你犧牲掉夢寐以求的北極之旅。（曾經有一大塊的冰山擺在北極，你卻沒有好好珍惜，等到地球暖化冰山都融掉了你才後悔莫及。如果再有一次機會，你會？）

爲了繳才藝班的補習費，每個月你少看了三次院線電影又少上了兩次餐廳。（如果你要繳三間才藝班的補習費，每個月你就少看九次院線少吃六次餐廳。）

爲了不讓小孩讀書分心，你放棄將家裡的書櫃塞滿你曾經發誓以後有錢就要買的十幾套漫畫，說好的全套POP海賊王公仔你也爽快地放棄不蒐集了。

爲了不讓小孩太早學會關於人體的種種知識，你含著眼淚申請了中華電信的色情守門員……

爲了愛，父母付出，父母犧牲。赴湯蹈火。

父母總是愛說，他們心甘情願。

可是當犧牲換不來等值的回報，父母的度爛就如滔滔江水，一發不可收拾。他們責怪你不懂得珍惜，他們絕對會講當年他們的父母對他們有多嚴格、可是他們今天卻怎麼寬容對你、以前他們都要半工半讀、現在你只要專心好好唸書就好爲什麼這樣也做不好咧？？？的冗長故事給你聽，你也絕對會背。

犧牲是一種愛的表現，但也是一種深層的壓力。

孩子不見得想要你犧牲，因爲他不想揹負、不想承受你的犧牲。

家庭生活嘛，當然不可能都不犧牲，父母一定付出很多很多，也絕對爲了家庭「折讓」了很多自己當初的夢想，想做的不能做，想玩的不能玩。

偉大是偉大啦，但我想小孩也很喜歡超會過自己生活的那種父母。

例子一。

「媽，這兩個月我可不可以要多一點的零用錢？」孩子打開冰箱倒牛奶。

「爲什麼？」妳一邊炒菜。

「因爲我想買Wii。我們同學家都有Wii，就我們家沒有。」

「不行，這個月媽媽想買一件新衣服，媽媽看很久了。」

例子二。

「爸！如果我月考考進全校十名內，我可不可以養一隻波斯貓！」孩子舉手。

「不行，貓跟狗不合。而且貓很可能會被狗吃掉。」你翻著漫畫，抬頭。

「我們家又沒有養狗？而且狗又不會吃貓。」

「快了，爸爸正在存錢買一隻西藏獒犬，養獒犬是爸爸小時候的夢想！」

頂！戰鬥機，也頂！

省掉冠冕堂皇的應對，以上的對話也很酷喔，我想小孩也會覺得很酷吧。

不知道我將來會不會是我正在描述的這種爸爸，但我已經相當確實地把我的書櫃塞滿了漫畫與公仔，ＤＶＤ跟ＣＤ也塞了一整個櫃，還養著一條超可愛的胖胖拉不拉多。當然，我也沒用什麼見鬼了的色情守門員……

還不到需要犧牲任何東西的關鍵時刻，我先把「當小孩子的份」過個過癮吧哈哈！

為了獵命師取材（謎），特地跑到美國聖地牙哥參觀航空母艦！

512
NL
151782

2010.04.13

我今天晚上很丟臉

我最喜歡看電影約會了，今天晚上我叫女孩早一點點下班，我要開車帶她去信義威秀看「特攻聯盟」的特映，打從三個月前看到預告我就很期待了。

七點開映，我約五點四十分接到她，想必綽綽有餘，抱著異常濃烈的心情，我們衝到了電影院，照例快速吃掉花月嵐濃濃的拉麵（好吃好吃〜〜〜），買了一桶熱量超高但管你去死的爆米花跟可樂，於六點五十五分輕鬆抵達十一廳，廳門口有電影公司的工作人員正在幫參加特映的觀眾確認身分跟給票，我一如往常走過去，說：「嗨嗨！我九把刀！」

工作人員跟我寒暄幾句後，便給了我兩張票……

女孩跟我坐定後，電影上映前當然要看一下預告啦，預告是一部日本動畫。

看了約一分鐘後，我感覺不是很對……因爲這不大像是預告的節奏，女孩也覺得怪怪的，低聲問我：「把逼，你是不是記錯了？今天不是要看特攻聯盟？」

我愣了一下，很大一下，我對行事曆的掌握能力一向很低，忘東忘西是正常的，不過今天要看「特攻聯盟」我可是出門前才又看了一下電腦，且曉茹姊上次也提醒過我今天要看「特攻聯盟」啊……

對了對了，我今天中午還被電影公司的人打電話叫起床，確認我今天是不是有要參加特映，我昏昏沉沉說有還道謝，明明就記得有這麼一回事啊！！

且，這是十一廳沒錯，哪有可能看錯？

……

不過這很明顯不是「特攻聯盟」，這是？

我拿出剛剛拿到的票根，整個傻眼……這是日本動畫片「新子與千年魔法」啊！

我陷入了短暫的意識彌留，如果是平常的我，十之八九會直接把它給看完，反正看起來很好看，我又天生愛看電影，不過今天要看「特攻聯盟」是跟女孩講好的，怎辦？

如果十一廳是正確答案，會不會根本不是在信義威秀，而是在日新威秀？

「我們要不要出去？」女孩。

我熱愛我的書櫃

「好。」我當機立斷。

於是我們快速從裡面摸出來，趕緊問電影院的工讀生特攻聯盟的特映到底在哪一廳，結果——

原來是在另外一邊大樓的十一廳!!!（在三樓）

吼！！！

誰來告訴我爲什麼信義威秀有兩個十一廳！

千鈞一髮我們趕到了正確的廳，匆匆坐好看電影，幸好只錯過了我早就知道在演什麼了的片頭（預告有），而電影非常非常的好看!!!

只是我覺得很糗，超丟臉的，明明我就沒有報名要看「新子與千年魔法」的特映，但卻一副科科科的樣子走到工作人員面前，說我是九把刀我要看電影就這麼無賴地走進去看了……跩個屁啊我 ><~

我簡直是大白痴啊~~~

眞的眞的我覺得很對不起浪費了兩張珍貴的電影票，唉，我發誓我會自己買票去看的幹我是白痴。

話說，「特攻聯盟」眞的超好看的，熱血的地方很熱血，好笑的地方非常的限制級（沒有逃避，很棒！），最後女孩跟我都看到哭了，爸爸跟女兒之間特殊的默契與瘋狂的共同點，實在是要命的溫馨。

昨晚我們正好看了「馴龍高手」，我覺得很可能是我今年最喜歡的電影，「特攻聯盟」應該可以當第二。（「馴龍高手」非常棒啊，我也是看到哭哭，看完回家後我還一直抱著柯魯咪說愛妳愛妳……）

女孩則是相反，不過也是第一與第二的差別罷了，連續兩天約會都看了非常棒的電影，運氣未免太好哈哈。

接下來我還想看的是「一頁台北」，跟「混混天團」，希望這兩部我們自己人拍的電影都能大放異彩啊！

2010.05.20

幹我真的是太白痴了！真想對我自己施展過肩摔!!!

今天為了沽名釣譽愛慕虛榮，要跟彎彎進行在聯合報全版的對談（最近我們兩個人很黏，簡直就是接近外遇的那種黏），於是向半夢半醒的女孩請假開車上台北。（全台灣開脊椎最厲害的神刀，就在台中大里仁愛醫院啦，不要再問我為什麼千里迢迢要跑去台中了。）

對談後是下午四點多，精神還不錯，我想說，既然都打算隔天再回台中照顧女孩了（今天晚上還有事情需要台北的網路支援），不如開車到信義威秀看電影「血世紀」，看看洋鬼子是怎麼建構吸血鬼帝國的（是的是的，我有記得我要寫《獵命師17》……謝謝，謝謝！謝謝！）。

用手機查了一下時間是六點，那我應該還可以一邊吃晚餐一邊寫一個小時的小說吧？（腦中開始思索應該在影城周邊哪一間店邊吃邊寫，基本上去掉二樓美食區免得那個那個……）

打定主意，就開車過去，一路上心情特好，要看電影了總是超爽，加上最近小說的進度不錯有種自我褒賞的fu。

雖然人工買可以打折（我有花旗白金卡啦，我知道大家都有），但我在信義威秀為了避免排隊我都直接在一樓的機器直接刷卡買，很有效率，一個人看電影時更可避免不必要的尷尬（問：「請問幾張票？」答：「幹，一張啦！」）

所以我這次也是用機器。

結果啊……我發現有兩部電影我也想看，分別是港片「歲月神偷」，跟我的緋聞女友主演的「第三十六個故事」，畢竟我馬上就要拍電影了，我就想說，那就看看別人是怎麼把一個時代拍出來吧，就選了六點二十分的「歲月神偷」看（掙扎很久，但「歲月神偷」據說相當好看，唉，怎麼特映沒請我去看呢哭哭!!!）。

But……

人生最莫名其妙的字眼，就是這個But啊！

But就在我愉快地在春水堂邊吃邊寫小說後，奇妙的命運又讓我給撞上了……

我來到傳說中的信義威秀第一廳，位置很空，我隨便選了個邊邊孤單老人等級的位置坐下，還沒品地脫鞋盤坐，本來想拿出ＮＢ繼續寫小說的，但人陸陸續續進來，我就不大想這麼做免得節外生枝，拿出手機亂看噗浪。我不禁要抱怨，等的時間未免有點久……

接著，無聊的行政宣導短片上了。

然後，精采的電影預告也上了。

然後呢……

然後我看到非常有氣勢的片頭片商介紹畫面，心想，嗯嗯，不愧是香港來的大片，有氣勢喔！

再來，我看見了同樣不尋常的畫面……

啊？什麼街？

啊？陰風？

啊？路邊的……咖啡店？

等等！！這咖啡店我看過啊！

我記憶力超強的，這間咖啡店就是——

是佛萊迪的「夢殺」啊！

幹幹幹幹幹幹——幹啊！

爲什麼我會看到夢殺啊！

明明我就是來看超溫馨超感人說不定看了會哭哭的「歲月神偷」的啊!!!

我怎麼會看到一堆血噴過來又噴過去的啊!!!

我不禁想到……請往前翻到〈我今天晚上很丢臉〉，謝謝。

但，我不可能走錯廳啊？

明明就是一廳，走廊最盡頭左轉而已，我哪可能走錯啊!!!

又，我看了一下手錶，什麼……六點四十了？

如果我眞的走錯了廳，現在衝去看歲月神偷，豈不是錯過了片頭很多精采的部分？

與其這樣，還不如將錯就錯，看一下「夢殺」好了？

萬般無奈下，我只好一個人把「夢殺」給看完。

還ＯＫ啦，我本來就是恐怖片的迷，但……唉，與預期想像的不一樣總是看得很幹啊，而且明明是限制級的「夢殺」，一顆奶子都沒有露，豈不是相當的不合理嗎？！

散場後，燈光亮了，我拿出票一看……

好吧，原來我果然沒走錯廳，而是我進化得更白痴了!!!

「歲月神偷」是明天才開始上映，所以我買到的票是明天的票啊喔喔喔喔喔喔喔喔喔～～

無言……

可是我明天晚上就要在彰化師大演講啦（19:00，題目是：愛情副作用），唉哀哀哀哀哀……

看樣子是只好改天再去看了。

最後想說一件事，前天我去經紀公司時，雅妍正好也在。當我一邊講電話一邊檢查桌上要送電影輔導金的文件。雅妍要離開的時候湊過來，在文件上貼了這張紙條……吼！害我整個感動到奶頭都尖起來。你們說，雅妍是不是超級可愛的呢?!

雖然雅妍可愛又有義氣，不過藝人的錢也很辛苦賺。我捨不得。

如果有企業或廠商願意贊助電影、或進行結盟行銷的話，我們會很高興，請與我的經紀人曉茹姊聯繫（molly.fang@comicgroup.com.tw）。

我們的電影幕前幕後都很熱血，一定很好看，跟我們合作不會丟臉！

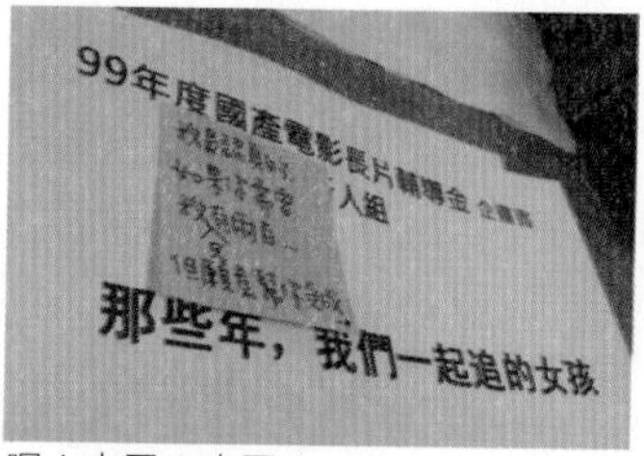

喔！中了！中了！

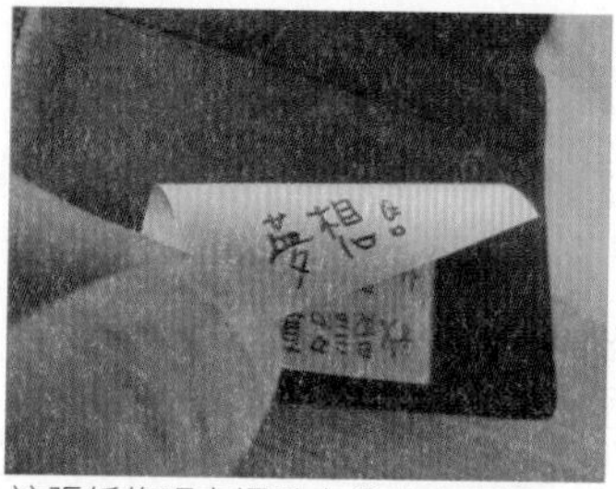
這張紙條現在還貼在我的皮包裡

愛死妳了

我的夢想不是電影，是電影給了我夢想

2010.05.06

一、

我得話說從頭。

電影與我之間的關係，我已在《三聲有幸》電影創作書中寫了很多。

《三聲有幸》滿神奇的，很可能是近一年半來我收到的讀者回信最多的一本書，明明就不是在寫小說，而是在寫我怎麼會開始拍起電影，可來信的人告訴我，我追逐夢想的樣子讓他們很羨慕，另一方面也讓他們產生了某些勇氣。

妙的是，也有一些讀者告訴我，原本他們以為一個小說家半路跑去拍電影是很墮落、很迷失自我的事，抱著看我如何自吹自擂的心態租了「三聲有幸」回去，看完了才發現我「始終還是原來那一個九把刀」，特地寫信給我簡單的鼓勵。

說不定啦，這是我寫過最接近勵志類的書也說不定（雖然目的不是）。

嗯嗯，其實我現在要說的事可能跟你們想的不大一樣。

很早以前，十年前吧，在寫完《異夢》的時候，我就知道某一天我一定會成爲電影編劇，某一天我的小說一定會被改編成電影，某一天我的小說會成爲許多電影製片與導演取材的母故事資料庫。但我眞的沒想到會有當導演的一天。

一切都是許多際遇與機會的撞擊下產生的「幸運」。

歸根究柢地說，不是因爲我有當導演的才能，而是因爲你們喜歡我。

你們喜歡我，讓很多「機會」自己找上門來，讓我有體驗人生的多重的「可能性」。包括與竹炭水的代言、五月天的合作、被改編漫畫、被改編成線上遊戲、更多的小說被電影公司買走版權、四處演講、到國外參加各大華文書展——站在取材的角度上我得感謝這些可能性豐富了我的視野，很多體驗與感觸也慢慢滲透到了我的作品裡。

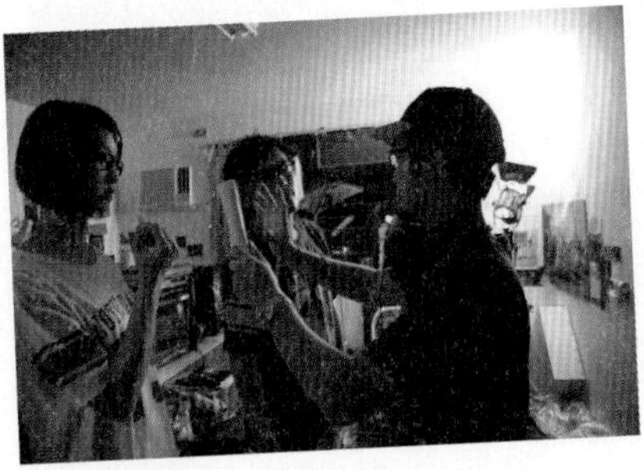

很美的記憶

上次導演了三十五釐米的電影短片「三聲有幸」後，想必是成果不錯吧，大約有三間電影公司與我接洽，希望能開始電影長片的合作。

幹我嚇了一跳，我這麼虛榮的人，爽當然是爽啦，可電影「導演」一直不在我的夢想清單裡，所以我無法矯情地說，這是一場實踐夢想的戰鬥。

這些電影公司都找我當導演，個個都說資金不缺。

資金不缺耶……有沒有那麼幸福啊？

有點虛榮哈哈

常常聽到有些國片導演爲了一圓夢想抵押房子、到處借錢也要拍電影，別說選角挑卡司碰壁，光卡在籌措資金的階段就非常艱困的熱血事蹟。

但是我，一個毛毛躁躁的新手導演（不敢說是新銳導演謝謝），要拍人生中第一部電影長片就不缺資金，會不會幸運得太離奇了點？

最後我當然是留在突然願意出資讓我拍電影的經紀公司裡，跟柴姊合作。

我想柴姊絕對想過有一天會跟我合作電影，但絕對沒有想過這一天來到的時候，我會是用導演的角色在跟她對話。

某種意義上，我很感謝有其他的電影公司先找我當導演，他們的賞識增加了柴姊對我的信心。

但也不全然是好事。

我當導演，對很多人來說一定是很刺眼的畫面。

不是相關科系出身，也沒有當過場記、沒有當過副導、沒有側拍過、沒有碰過攝影機、沒有自行剪接過任何影片、沒上過表演課、甚至沒有待過拍攝現場看拍片，充其量就是寫過編劇跟賣過電影版權，如此而已。像我這樣半路殺出的咖小只要說：「拍電影是我的夢想」，不必等別人吐，我自己聽了都噁心。

沒有充滿汗水與淚水的過程，直接來到喊「ACTION！」的位置。

我可以想見很多人是不看好的，這些不看好的原因恐怕都不是盲目的批評，畢竟我在導演「三聲有幸」之前完全沒有實績，沒有足夠的參數。

也必然有很多的不看好是充滿了度爛，我也理解。角色互換恐怕我也是冷眼旁觀的那一種人，覺得抄捷徑想特權的人就是機八，失敗只是剛剛好啦，失敗才能證明：「導演不是隨便就可以當的！」

所以我一直不斷提醒自己，拍電影長片是一場壯觀的遊戲，開心了你就走，在人生經驗上多一筆精采的記錄。

但切記：這不是你的夢想，不要深陷其中。

很多訪問過我的人都會有印象我這一段話吧：「我當導演不是因爲我很厲害，而是因爲我很幸運。不過我沒有辦法靠很幸運拍出一部好電影，所以我會非常的努力。」

後來我才知道，僅僅是努力還是不夠的。

二、

我要拍，「那些年，我們一起追的女孩」。

（註：幹不要再謠傳我要自己導演「殺手歐陽盆栽」了，若我想過這種可能性一秒，我的雞雞明天就自行溶解成一灘罨丸水。我要導演的是那些年！）

我寫了五十六本書，爲什麼長片初體驗是改編這一部小說，而不是其他？

表面上最大的原因是我的小說種類怪異的很多，動作場景的也很多，戰鬥的畫面也很多，幹這些我都不曉得怎麼處理啦！不會拍啦！

認眞說起來的原因是，我擁有一個非常強悍、非常感人的「那些年」電影版本結局，這個電影版本的故事是我對青春的最佳詮釋，我相信我可以做到。也能做得非常漂亮。

當然，個人的情感因素也很重要……有愛，才有戰鬥力啊！

要拍這本小說，第一個面臨到的問題是「市場」。

我得非常認眞地說，在台灣，要拍出一部「有票房市場的商業電影」是一件很有勇氣的事，絕對是挑戰，所以不要用「啊？原來是商業片喔！」如此嗤之以鼻的語氣看待。

怎麼說呢？

一個問題先：一部拍攝成本五千萬的國片，票房要賣到多少錢才能回收？

你花錢買票看電影，「至少」會有一半的票錢屬於電影院的，剩下的一半或四成才是電影公司與其合夥股東去分。

所以五千萬實際拍攝費用，再加上至少一千萬的行銷費用，算六千萬。票房得至少賣到一億兩千萬才能回收。如果是用三千萬的實質成本，就得至少賣到六千萬才能勉強回本。以此類推，不難計算。

不過，讓我們翻開過去一年來「純種國片」的票房歷史記錄：

不能沒有你，台北票房四九三萬，全台算一千萬好了。

聽說，台北票房一四五六萬，全台算三千萬好了。（以成本來說大賺）

愛到底，台北票房四六二萬，全台算九百萬好了。

絕命派對，台北票房三一七萬，全台算六五〇萬好了。

艋舺，台北票房一億一六三〇萬，全台算二億二千萬好了。（超級大賺）

混混天團，台北票房八十八萬，全台算二百萬好了。

獵艷，台北票房一二三萬，全台算二五〇萬好了。

一頁台北，台北票房一三〇三萬，全台算二六〇〇萬好了。（應該滿賺的）

靠岸，台北票房六十七萬，全台算一百萬好了。（成本號稱一億兩千萬）

以上還是我用印象下去搜尋的，肯定還有十部以上我完全沒印象無從查起。

平心而論，純種國片的票房要破一千萬實在不容易。

所以拍國片要怎麼獲利？

（不想獲利只想拍出來自爽的……幹不好意思請暫時別跟我說話。）

最能確保拍國片賺錢的「暗黑賺錢法」，我就不在網誌上提了，反正我不可能用（或者說我沒資格用），也不想因此得罪人。倒是我在實踐大學的課堂上詳細地說了一遍給學生聽科科。

另一種確保拍國片獲利的方法，就是降低成本。

如果我們預估票房只有一千萬的話，就只能花四百萬去拍。不然會賠錢。

樂觀一點，估計票房可以兩千萬的話，就能花八百萬去拍。不然會賠錢。

若估計票房有五千萬的話，就能試試看用兩千萬下去拍。多花就賠錢。

以上還是對電影公司的態度樂觀的估計法，基本上用越少的錢去拍，就越不會賠錢，所以要是估計票房可以達到五千萬，但這部電影若能用一千萬拍好，電影公司就不會花兩千萬去製作。

當你無法說服投資方你的電影可以票房破億，資金就無法籌足五千萬。

但感覺到了嗎？

以上的邏輯全都是「怎麼拍電影可以不賠錢」的成本控制法，而不是站在「怎麼拍才能讓電影好看，好看到可以突破票房困局」。

所以有很多的國片一開始是在設定「票房應該不會超過多少多少」的冷靜評估下，先濃縮拍攝成本以免慘賠，然後在少量的成本下試圖執行出最好的成果……

簡單來說，用五洲製藥的語言翻譯如下：「先講求不傷身體，再講究效果。」用慈濟大愛的語言翻譯：「先～求～有～再～求～好～」

在商言商，這是對的。

以流行的正面思考，在極度受限的資金環境中拍出好作品，眞是一場好戰鬥！

所以我很喜歡「聽說」跟「一頁台北」，精密又確實，小而美，執行得眞好。

（「一頁台北」眞好看，選角選得天衣無縫啊！）

但，裡面我最喜歡「艋舺」。

因爲它展現了「海角七號」後最雄壯的企圖心。

一種萬一沒有成功，大家就一起把腎臟抵押給地下銀行的雄壯企圖心！

（在這裡我要向魏德聖導演致敬，幹你燒這麼多個億下去拍「賽德克巴萊」，你眞的很屌，我五體投地幫你祈禱票房會超級大成功，一鼓作氣把那幾個億乘以兩倍拿回來！）

三、

回到我自己的電影。

「那些年，我們一起追的女孩」初步估計的成本是……兩千六百萬。

若加上當初沒有計算進去的、以及執行起來意外暴增的成本，算三千萬。

加上不想花也可以但下場必然很淒慘的廣告行銷費用，算三千五百萬。

……

……

……

請問要怎麼回收？

在成本不降的條件下，除非票房攻破七千萬否則沒有回收的可能。

請問票房攻破七千萬的可能性有多少？

即使我催眠自己相信，但我要怎麼說服出錢的柴姊跟其他的投資方，這個曾經發生在「海角七號」跟「艋舺」身上的奇蹟，只要電影好好拍，我們的「那些年，我們一起追的女孩」也可能「被發生到」？

要不，理性一點，就是寄望每年都以驚人能量茁壯的大陸市場。

只要大陸市場進得去，我敢保證成本就可以用三千五百萬豪爽地拍。

問題是，「那些年」非常可能沒有辦法進大陸。

爲什麼？因爲除非條件特殊（不能說的祕密），否則大陸電影裡「中學生不准談戀愛」這條潛規則就足以將「那些年」拒之門外。

精誠中學的學弟妹們

要解決這個困境，簡單，我改劇本就可以。將中學的故事背景拔掉，換成大學生談戀愛就行了，如此一來「那些年」不僅有機會在大陸上映，資金也會很充沛。

問題是，啊我不要啊。

中學生談戀愛的禁忌特質，那種穿著制服嬉鬧、晚上留校讀書、上課偷傳紙條的氛圍是大學校園裡絕對無法比擬的——純眞。青春的歡愉，灼熱的反抗，都只在最單純的中學校園裡。

現實就是現實，爲了符合某些規範而更動故事是很正常的事。

不過這次不行。

我不想爲了這個原因更動我的故事。

「那些年，我們一起追的女孩」就是要發生在中學，劇本裡有五分之三的場景都發生在我熱愛的彰化，發生在故事主人翁就讀的精誠中學，這是我的堅持。

沈佳儀拿著原子筆用力戳在柯景騰的背上，那個畫面，百分之百就是得穿著中學制服的感覺才能實現出我心中的感動。無法妥協的。

於是很遺憾，大陸的電影市場暫時就無力思考了。

此外，硬要符合原著描述、符合我對青春的記憶，一定得出動大隊人馬在彰化拍攝，這也是成本降不下來的重大原因之首。

目前爲止在彰化拍攝電影並沒有辦法像在台北或高雄或苗栗一樣，可以申請地方政府文化局的資金補助，真心祈禱未來幾個月的法規發展會有奇蹟出現。

除了彰化，電影裡還有台北與新竹兩大場景（新竹是我的母校交大喔喔喔喔喔），三個地方輪流拍攝，都是成本膨脹的因素。

精誠中學，我的記憶基地

坦白說，把劇本通通改成故事發生在台北，幹就省超多住宿費跟交通費的啦！（「聽說」跟「一頁台北」跟「艋舺」通通集中在台北戰鬥，有效率多了）而台北文化局最近也超會協助電影拍攝的，我要便宜行事豈不簡單……

但一樣，這次不行。

我第一次導演電影長片。

拜託，讓我用愛，讓我用愛……

四、

我的後台很硬，就柴姊嘛哈哈，而願意跟柴姊並肩作戰的投資方也很硬，基本上資金用嘴巴講的就有兩千萬到位。我能不整天笑呵呵說我真是一個幸運的傢伙嘛？

資金有了，我的劇本時時刻刻持續在修改，耗費的時間遠超過我寫一本書。兩本書。三本書。天知道我多久沒出新書了。

後來拍攝日期因故（幹！不想說！）從四月延到五月，又從五月延到七月。現在表定是七月中下旬開鏡。我不會讓它再延宕下去了。

在我反覆修改劇本的同一時間，選角如火如荼地展開。

選角基本上是兩種形式，一種是大量請自願報名的素人來公司拍自我介紹的帶子（我想有在看我的網誌的讀者裡也有不少人做過這件事）。

另一種就是我們主動邀請演員來公司「試戲」，也就是我將修改中的劇本抽出幾段讓這些人演演看，而柴姊、我，以及雷孟跟廖明毅一起評審。

選角這件事我無法暢所欲言，因爲其中有很多尷尬，牽涉到很多有來面試但最後沒有獲選的演員的心情。但是，眞的，我必須說我很感激你們願意給我這麼一個新導演認識你們的機會，謝謝你們來，那幾天很熱情地展現你們的專業。

我在我目前能夠透露的些微訊息下，繼續說拍電影這件事，往後「眞相大白」時我可以說的東西自然無限寬廣，也想讓大家旁觀這一切。

「那些年」的第二大問題，是沒有超級大明星。

有超級大明星演出我導演的電影，我當然很歡迎也很開心，但我面試與試鏡的最後結果，組成了一支我很滿意的「柯騰、沈佳宜（改名了，避免我的老朋友太困擾）、該邊、勃起、阿和、老曹、彎彎（對，就是那個很彎的彎彎）」，但這些人裡面並沒有那種寫在報紙影劇版上會讓人「哇！原來是他演啊！」的超級大明星。

你們一定猜是資金問題所以請不起超級大明星吧。錯。

只要超級大明星進劇組，資金就會自然而然增加。這不會是問題。

有很大的原因，是很多超級大明星的年齡都……有點超過高中生的外表了，勉強演，還是很有新聞點可以炒，不過總是怪怪的。好吧是非常怪。

更大的重點是，我已經對我所選出來的演員隊伍產生了基本的愛，我覺得很好，想信賴我所選出來的男女主角能演好我想要的感覺。

我當然也有迷信。

可我不迷信大明星，我迷信的是劇本。

不過我不迷信，不代表投資方跟我一樣不迷信，也不代表潛在的電影版權購買商不迷信，也不代表將來的電影院通路不迷信。

我不怪他們，幹角色互換的話是我也覺得不安心，目前整部電影最「出名」的部分竟然是「導演居然是作家九把刀」以及「第二女主角是插畫家彎彎」，其他資訊是一片伸手不見五指的迷霧，能見度奇低。

老是愛亂講大話的九把刀鬼扯說劇本崩潰性地好看，誰信？就算劇本好看，國片要賣還是得靠奇蹟與炒作，請問沒有大明星怎麼炒作？所以就一心一意等待奇蹟囉？

某次試戲後的幕後討論，我異常鄭重地按著桌子說：「柴姊，現在我要講出來的話，都不會反悔，不可能反悔，我說出口了就會算數。」

「你說啊。」柴姊總是含意很深地看著我。

「柴姊，我也要丟錢下去。」

「喔？」

「真的，我說再多我有信心聽起來都太假了，如果我真的有信心，不就該用實質的行動證明嗎？如果我自己也投資下去，電影慘賠的時候我也會痛到……」

「什麼慘賠！不會賠！」柴姊大笑打斷我的話：「我們要正面思考！」

「對，不會賠，所以就當我貪心，所以我不只要當導演，還要當股東！這部電影成功的時候也會有我的份，我不想也不會錯過。所以我要用我們選出來的這些演員，只要劇本好，大家拍得好，沒有大明星電影一樣會賣座！」

那天的會議非常愉快地結束，後來還有一場慎重其事的試拍。

炒作沒有「點」，「奇蹟」卻搶在開鏡前就發生了。

不過這個奇蹟的樣子看起來有點怪怪的。

就在上個禮拜，很微妙的時間點，原本很穩當的資金足足蒸發了一千萬。

各位不需要問理由。

大家也不用往稀奇古怪的地方猜。

——對男子漢來說，資金跑了就是跑了。

跑了，不見了。眼看是不會突然改變心意回來了。

資金傷口之深震撼了我。

也震撼了共同出資的柴姊。

如果我的電影成本評估是一億，資方跑了一千萬也還好。

但是，成本約在三千萬到三千五百萬之間的電影，在我們目前看似籌措好了兩千萬的情

柯魯咪看起來很好吃！

況下流失了一千萬，這是雷霆萬鈞的大失血。

電影喊卡，無限期延宕的惡夢終於發生了⋯⋯

五、

在公開演講裡我常說：「眞正厲害的幸運，當它一開始發生在你面前的時候，往往是張牙舞爪、窮凶惡極的。但本質卻是非常非常的幸運。」

所以，資金缺口多達一千萬如此猖狂的噩耗，竟是意味著⋯⋯？

我只讓這個惡夢持續了幾分鐘，就做出了重大的決定。

可要跟柴姊開會的時間還有四天，這中間頗爲折磨，我只能先請導演組放下手邊工作，等待四天後柴姊跟我的雙人會議結果。

那四天我常常躺在客廳地板上，摸著柯魯咪的肚子胡思亂想。

⋯⋯眞想拍出來啊，那些畫面，那些對白。觀眾沒有哭就算是我輸了。

四天後，一個噹噹噹的下午。

當然有些會議內容不能公開，但總是有話可以濃縮出來講的。

「一樣，這幾年有很多人總是說他們很佩服我，卻什麼也沒眞的合作到，就只是拍拍我的肩膀而已。」這是我的心裡話：「所以我很謝謝柴姊妳不只嘴巴說很重視我，還眞的拿錢出來投資我拍電影。」

「……」柴姊平靜地看著我。

「現在我說我很重視這部電影，我也說我很有信心，我不是拍好玩、拍開心、有拍過電影就爽了的心態。我很認眞。所以只有一種辦法可以表現出我對這部電影的重視，那就是我完全成爲股東，我出更多的資金。」

「你可以出多少？」

「柴姊出多少，我就出多少。」

「你的上限到哪裡？」

「沒有上限，妳一半，我一半。我們一起把電影扛起來。」

「！」

「我買過車，也買了房子。」我的聲音肯定在顫抖：「但從今以後我終於可以說，我買過最貴的東西，是夢想。」

就這樣，兩人奮力將充滿未知數的電影扛了起來。

會議迅速絕倫地結束。

電影終於用掏空了我所有存款的霸道方式，成爲了我的夢想。

眞的，貨眞價實的，只能前進不能後退的，奮力追逐夢想的感覺。

這是奇妙的滋味。

我知道有很多導演明明就超級有錢，但整天就是跑金主跑投資跑贊助，就是不肯拿自己的錢出來拍電影，口口聲聲說是夢想，卻硬是想拿別人的錢實踐自己的夢想，還一副很有理想的模樣。眞有信心，眞那麼想實踐熱情，就去ＡＴＭ啊！

嗨！2005年的我……那時候你還瘦到可以當眾露奶頭吼，真羨慕……

但也有很多導演，另一種面貌的導演，我有幸認識其中一個。

那導演正領著上千人馬据囤在北橫荒山野嶺，炙熱地與他的多年夢想周旋。

十一年前剛剛寫下《恐懼炸彈》的我一定不會想到，十一年後的我會當電影導演。

不過我眞正想要對話的，是這五年來讓小說終於開始暢銷的我。

五年來的那個我，辛辛苦苦存下來的版稅與各種授權費用，絕對是拿來當作一個作家不紅不暢銷不再被市場接受了的時候，所謂的養老金，作家這種職業的收入之虛無縹緲，可以存下這筆養老金實在是……太奢侈了。

五年後的我，很有效率地找到一個最快樂的方式幫你瞬間花掉。

……雖然我跟你都還有好幾百萬的房貸沒付清科科科。

對不起，但也眞的超感謝我自己的。

「人生中發生的每一件事，都有它的意義。」

我徹底明白了自己這句座右銘的涵義。每一筆存下來的錢都有意義。

也很開心，非常開心，我果然沒變，依舊非常非常的幼稚。

一直是那一個嚷著《人生就是不停的戰鬥》的臭屁小子。

我不是飛蛾撲火地燃燒自己的積蓄，覺得很壯烈很爽，沒，我沒有有錢到出現那種高級的幻覺。而是眞正相信只要拍得好看，票房市場就會給我應有的回報。我發自內心相信「那些年，我們一起追的女孩」會非常好看。

天亮了，我得去睡了。睡之前還得帶柯魯咪去散步，不然我睡到一半她會跳上床咬我的手逼我帶她去尿尿。暫時就寫到這裡吧。

最後我想說，既然我都豁盡一切進入一片名爲電影的偉大航道，搶奪「海賊王」的稱號，那麼，在等待我新小說出爐的大家，也就勉爲其難等待我完成這次的大冒險吧。

「人生沒有全拿的。」

以上這句話，將永遠不再是我的格言！

我出門時，柯魯咪就負責防守基地

國家圖書館出版品預行編目資料

人生最厲害就是這個But！／ 九把刀(Giddens) 作.
——初版.——台北市：蓋亞文化，2010. 11
面； 公分. ——(九把刀・非小說；GA005)

ISBN 978-986-6157-03-5 (平裝)

855　　99018923

九把刀・非小說 GA005

「參見，九把刀」 Blog亂寫文學

人生最厲害就是這個But！

作者／九把刀（Giddens）
封面設計／聶永真@永真急制
企劃編輯／魔豆工作室
電子信箱◎thebeans@ms45.hinet.net
出版／蓋亞文化有限公司
地址◎台北市103赤峰街41巷7號1樓
電話◎（02）25585438　傳真◎（02）25585439
網址◎www.gaeabooks.com.tw
部落格◎gaeabooks.pixnet.net/blog
電子信箱◎gaea@gaeabooks.com.tw
郵撥帳號◎19769541　戶名：蓋亞文化有限公司
總經銷／聯合發行股份有限公司
地址◎台北縣新店市寶橋路二三五巷六弄六號二樓
電話◎（02）29178022　傳真◎（02）29156275
港澳地區／一代匯集
電話◎（852）27838102　傳真◎（852）23960050
地址◎九龍旺角塘尾道64號龍駒企業大廈10樓B&D室
初版一刷／2010年11月
定價／新台幣 299 元
Printed in Taiwan

ISBN／978-986-6157-03-5

法律顧問／律儀聯合律師事務所

群星瑞智藝能有限公司　專屬授權出版發行

Gaea

GAEA